Lena Lieblich

Kathi

und andere Geschichten

SATORI-Verlag GmbH
Regensburg

1. Auflage September 1999

2. Auflage Mai 2000

3. Auflage August 2000

Bilder: Lena Lieblich

Postfach 20 04 54

93063 Regensburg

Tel. 09 41 / 799 45 70

Fax. 09 41 / 799 45 72

eMail Info@SATORI-Verlag.de

Internet: Http://www.Satori-Verlag.de

ISBN 3-89758-006-3

Inhalt

Der Holzstoß

Kathi spielte an den großen Holzstößen am Abhang. Es war eine Unternehmung auf eigene Faust und das Spiel am Winterholz gegen den Willen der Eltern. Das Dorf, in dem sie lebte, war abseits der großen Städte, und die Bewohner pflegten eine eigene Denkweise, die von vielen nicht nachvollzogen werden konnte. Alle im Dorf waren glücklich, und die besten Handwerker und die tüchtigsten Frauen stammten aus gerade diesem Dorf.
Kathi turnte auf den Stämmen, dabei muß sich eine Sperre gelockert haben, und alle Stämme fingen an zu rollen. Im letzten Augenblick konnte sie noch zur Seite springen und stand nun da und mußte zuschauen, wie der ganze Holzvorrat für den Winter den Hang hinunter polterte und unten in den reißenden Strom fiel, ein Stamm nach dem anderen. Es wurde ihr sofort klar, daß die kurze Zeit bis zum Winter nie reichen würde, um wieder ausreichend Holz für alle zu schlagen. Diesen Winter müßten sie alle frieren, vielleicht sogar erfrieren.

Kathi lief weg und versteckte sich. Sie wollte nie mehr nach Hause gehen. Ständig machte sie sich die größten Vorwürfe, daß sie trotz des Verbotes dort spielte. Selbst hätte sie auch schon so gescheit sein müssen und....
Es war schon dunkel, als sie sich nun doch noch entschloß, heimzugehen und alles zu beichten. Als sie sich dem Dorf näherte, sah sie schon von Weitem, daß eine große Runde

um ein Feuer saß und schweigend wartete. Ihr fiel das Herz in die Hosentasche, aber sie ging mutig weiter. Als man sie wahrnahm, erhob sich der Älteste der Runde und ging auf sie zu, umarmte sie und hielt sie eine Zeit schweigend fest in seinen Armen, dann sprach er:

"Ich liebe dich und ich bitte dich,
liebe auch du dich selbst.
Ich verzeihe dir und ich bitte dich,
verzeihe auch du dir selbst.
Ich segne dich und ich bitte dich,
segne auch du dich selbst."

Während er diese drei Sätze sagte, schaute er ihr fest in die Augen. Dann ließ er sie los und ging zurück zur Runde. Von da kam schon der Zweitälteste auf sie zu, umarmte sie ebenfalls und sagte zu ihr

"Ich liebe dich und ich bitte dich,
liebe auch du dich selbst.
Ich verzeihe dir und ich bitte dich,
verzeihe auch du dir selbst.
Ich segne dich und ich bitte dich,
segne auch du dich selbst."

So ging es weiter, bis alle vierunddreißig Erwachsenen bei ihr waren. Dann wurde sie in die Runde der Erwachsenen gebeten. Es war das erste Mal, daß sie in dieser Runde sein durfte. Sie mußte ganz genau erzählen, wie es sich zugetragen hatte. Dann wurde beraten.

Es wurde darüber gesprochen, daß es ein Fehler war, das Holz so dicht am Abhang zu lagern, daß die Zeit bis zum Wintereinbruch viel zu kurz sei, um neues Holz zu machen. Dann wurde beschlossen, daß dieses Jahr sich alle auf das Haupthaus beschränken, worin auch alle schlafen sollten. Die Absicht, für die sieben Häuser der sieben Familien alle Holz zu machen, wurde vollkommen aufgegeben.
Auch wurde immer wieder nach dem Geschenk gefragt, das wohl in diesem Vorfall versteckt sei, andere sagten, was die gute Seite an diesem Unglück wohl sein möge. Kathi hörte das wohl, konnte damit aber nichts anfangen. Sie war fürs erste froh, daß sie nicht geschimpft wurde.
Sie konnte sogar das Verzeihen der anderen annehmen und glauben, hatte es doch jeder Einzelne zu ihr gesagt: "Ich verzeihe dir", und jeder hatte es aus ganz aufrichtigem Herzen zu ihr gesagt, aber der zweite Teil: "ich bitte dich, verzeihe auch du dir selbst", das fiel ihr so schwer, sie konnte es nicht; immer wieder machte sie sich Vorwürfe.

Es war einige Zeit seit dem Vorfall vergangen, der Winter kam früher als erwartet, und die großen Schneemassen hatten alles unter sich begraben. Der Holzvorrat war so knapp, daß er nur reichte, wenn ganz sparsam damit umgegangen würde. Aber dieser Mangel war nirgends zu spüren. Alle lebten im Gemeinschaftshaus, und die Körper der Leute heizten mit, so daß auch bei kleinem Feuer eine angenehme Temperatur herrschte. So einen schönen, lustigen Winter hatte es noch nie gegeben. Es wurde viel miteinander gesungen, gespielt, Geschichten erzählt und gelacht. Alle waren glücklich und immer wieder konnte man hören: "Gut, daß Kathi das Holz ins Wasser rollen ließ."

Immer und immer wieder wurde dieser Umstand ganz besonders erwähnt, und das gab ihr mit der Zeit die Kraft, daß sie ihre Selbstvorwürfe aufgeben konnte. Sie sah und erlebte es, es war der schönste Winter ihres Lebens. Wäre das Holz nicht vernichtet worden, so hätten sie, wie all die Jahre vorher, getrennt, jede Familie in ihrem eigenen Häuschen eingeschneit, diese lange Zeit mit Handarbeiten verbringen müssen. Wie herrlich ist doch eine so große Gemeinschaft.

Als sie alle Selbstvorwürfe aufgeben konnte, fing sie auch an zu begreifen, was mit dem Geschenk in dem Unglücksfall gemeint war. Es war wirklich ein Geschenk, denn die Gemeinschaft hatte beschlossen, daß auch im nächsten Winter wieder alle im Gemeinschaftshaus leben sollten, dadurch würden nicht nur die Winter schöner und kurzweiliger, sondern die Zeit konnte auch gut genutzt werden, um die Kleinen in die verschiedensten Handwerks-techniken einzuführen. Von den Männern wurde besonders freudig herausgestellt, daß sich die Zeit, das Winterholz zu schlagen, verkürzt. Statt vier Monate sind es nur noch drei Wochen. Sie sparen sich neun Wochen schwerste Waldarbeit - dank Kathi.

Seit dem (Un-)Glückstag durfte Kathi an den Beratungen der Erwachsenen teilnehmen. Es gab immer wieder Situationen, in denen in der Gemeinschaft etwas geschah, was auf den ersten Blick furchtbar erschien. Die Erfahrung und Denkweise der Gemeinschaft war aber, daß überall ein Geschenk enthalten ist. Davon ist nun auch Kathi überzeugt.

Meistens waren es junge Mitglieder der Gemeinschaft, denen ein Mißgeschick widerfuhr. Wenn sie dann an der Reihe war, den Betroffenen zu umarmen, dann konnte sie aus innerster Überzeugung, mit ruhiger, fester Stimme sagen: "Ich verzeihe dir, und ich bitte dich, verzeihe auch du dir selbst."

Dieser Brauch, den Verursacher vollkommen zu entlasten, wurde auch weiterhin gepflegt. Jeder einzelne Dorfbewohner geht auch heute noch hin, drückt den anderen und sagt ihm diese drei Sätze.

"Ich liebe dich und ich bitte dich,
liebe auch du dich selbst.
Ich verzeihe dir und ich bitte dich,
verzeihe auch du dir selbst.
Ich segne dich und ich bitte dich,
segne auch du dich selbst."

Der Abschied

„Einen wahren Menschen erkennt man an dem, was er nicht mehr braucht".

Diese Worte standen auf dem Schild zum Beratungszimmer der Erwachsenen. Kathi durfte seit ihrem Erlebnis mit dem Holzstoß an den Beratungen teilnehmen. Schon oft hatte sie über diese Worte nachgedacht und sich auch so manchen Sinn dazu überlegt. Nun stand jedoch eine ganz besondere Zeit vor ihr. Sie sollte nicht nur anwesend sein dürfen bei den Beratungen, sie sollte sogar ein Stimmrecht erhalten.

Es war ein besonderer Abend, festlicher als normale Beratungen. Es lag ein Zauber, fast so wie vor der Bescherung, in der Luft. Kathi war aufgeregt. Was würde auf sie zukommen? Man würde sie vielleicht loben, weil sie doch schon so klug, so erwachsen war. Vielleicht würden ihre Handarbeiten besonders hervorgehoben - sie konnte am schönsten weben, oder sollte sie gar vorsingen?

Endlich war es so weit: Die Älteste der Runde stand auf und begann mit fester, klarer Stimme zu sprechen: „Meine Lieben, immer wenn eines unserer Kinder sein Stimmrecht erhalten hat, war es auch für uns der Anlaß, nochmals zu überdenken, ob wir noch die Voraussetzungen für unser eigenes Stimmrecht erfüllen. Darum spreche ich nicht nur für Kathi alleine, sondern für jeden von uns, auch für mich selbst. Das Stimmrecht erwirbt man nur als wahrer Mensch, in dem Sinne, wie es unser Spruch über der Türe zum Ausdruck bringt. Ihr wißt alle, wie schwer es war, die Spielsachen der Kindheitstage und der Jugend aufzugeben - und wie glücklich waren wir, als es geschafft war. Die Belohnung war das glückliche Lachen der Kleinen, die sich über unsere Geschenke freuten. Als dann die Kleinen kamen und uns baten, mit ihnen zusammen zu spielen, erkannten wir, daß wir reicher geworden waren, obwohl uns das Spielzeug nicht mehr gehörte.

Gemäß unserer Tradition wird auch Kathi auf die Berghütte gehen, nachdem sie alles, was sie ihr Eigen nennt, verschenkt hat. Mit keinerlei Besitz, nur mit dem Fastengewand der Gemeinschaft wird sie losgehen und erst wiederkommen, wenn sie weiß, daß sie alles, auch innerlich, losgelassen hat. Wir wissen, daß diese Zeit zu der wichtigsten in unserem Leben gehört, und viele aus unserem Kreise ziehen sich immer wieder eine Zeit zurück, um zu überprüfen, ob wirklich schon alles losgelassen ist.

Kathi wird sehr schnell erkennen, daß das Loslassen von materiellen Dingen sehr schnell und einfach gehen wird. Sie wird sich aber dann erinnern, daß wir hier noch über mehr gesprochen haben, über Dinge, die sie nun zwar hört, aber noch nicht versteht. Nachvollziehen kann sie nun noch, daß man von schlechten Gewohnheiten loslassen will. Schwieriger wird es schon, wenn sie erkennt, daß das Loslassen selbst schon wieder eine Gewohnheit geworden ist, und es erscheint ihr heute paradox, daß man das Loslassen loslassen kann.

Noch schwieriger wird es werden, wenn sie erkennt, daß Familienbindungen bestehen, daß sie ihre Eltern, Geschwister, Freunde - und auch unliebsame Menschen loslassen muß. Ihr alle kennt die ganzen „wenn" und „aber", die vermeintlich unüberwindbaren Grenzen.

Das Schwierigste ist aber, sich selbst loszulassen. Manche haben gemerkt, daß sie eine narzißtische Liebe daran hinderte; andere spürten, daß sie sich selbst haßten. Beides ist ein großes Hindernis auf dem Weg, sich loszulassen und doch muß es sein, will man der Tradition unserer Gemeinschaft folgend wu-wei praktizieren. Sterben, um zu leben.

Wu-wei, das Handeln durch Geschehenlassen wird sehr oft von Außenstehenden nicht richtig verstanden, aus dem Grund, weil diese Außenstehenden nie gelernt haben loszulassen. Sie glauben, daß Geschehenlassen Untätigkeit ist. Gerade das Gegenteil ist der Fall, wie wir wissen. Uns lähmen keine Ängste etwas zu tun, wir nehmen nicht Rücksicht auf andere Meinungen, wir tun, was wir im Augenblick in unserem Innersten als richtig empfinden. Die Außenstehenden haben oft schon Probleme, „nur" ihre Meinung offen und ehrlich zu sagen, weil man ja jemand verletzen könnte. Wir wissen, weil wir alles losgelassen haben, daß wir immer alles ehrlich und offen sagen können. Wir können nichts verlieren, sondern gewinnen gerade aus diesem Grund.

Trotzdem schweigen wir sehr oft, weil wir auch den Zwang losgelassen haben, immer unsere Meinung zu sagen. Ja, ich habe schon bei jedem von euch den hellwachen und neugierigen Blick gesehen: „Was wird nun kommen? Was wird uns auf der Bühne des Lebens nun vorgespielt?" Dieses neugierige, schweigende Warten entbindet uns von vorschnellem Gerede. Wir sind jeden Augenblick frei, all unsere Kraft zu entfalten. Keine Energiewolke des Beleidigtseins oder der Angst vernebelt unsere Gedanken oder unseren Blick. Gerade weil wir uns nichts vormachen und uns nicht mit energetischen Wolken einnebeln, sehen wir mehr als andere.

Jeder aus unserer Gruppe ist in der Berghütte schon gestorben. Nicht richtig, aber in seiner Vorstellung. Jeder ist in seinen Vorstellungen schon über den eigenen Tod hinausgegangen, war auf seinem eigenen Begräbnis, hat sich in die Hinterbliebenen hineingefühlt und weiß, was ihn erwartet. Der echte Tod verliert dadurch seinen Stachel, und jeder von uns ist jeden Augenblick bereit zu sterben. Das ist auch der Grund, warum wir jeden neuen Tag unseres Lebens besonders schätzen, jede Stunde ist für uns wertvoll. Für Kathi beginnt nun eine schwere Zeit, und ich möchte dir, liebe Kathi, mein Geheimnis anvertrauen, das dir helfen wird, wenn dein Verstand nicht mehr weiterkommt und du schon fast am Verzweifeln bist."

Die Älteste stand auf und ging auf Kathi zu, nahm sie in die Arme und drückte sie fest und doch gefühlvoll lange Zeit, und jeder spürte, daß sie durch dieses Nichtssagen noch viel mehr sagte. Dann lockerte sie den Griff und sprach ihr leise ihr Geheimnis ins Ohr. Es war jedoch noch so laut, daß es jeder im Raum deutlich hören konnte:

"Wenn Du nicht mehr weiter weißt, laß alle Gedanken ruhen und wisse dich von mir geliebt."

Nachdem sich die Älteste wieder gesetzt hatte, kam der Älteste, umarmte Kathi lange und sprach sein Geheimnis leise in ihr Ohr:

"Wenn Du nicht mehr weiter weißt, laß alle Gedanken ruhen und wisse dich von mir geliebt."
So ging einer nach dem anderen zu Kathi, jeder drückte sie lange und vertraute ihr sein Geheimnis an, das immer gleich lautete:

"Wenn Du nicht mehr weiter weißt, laß alle Gedanken ruhen und wisse dich von mir geliebt."

Noch lange klang der Satz in Kathi nach, auch standen ihr Tränen in den Augen, als sie all ihre Habe verschenkte. Bekleidet mit dem Fastengewand der Gemeinschaft gab sie alles weg: ihre liebsten Spielsachen, den Webstuhl, ihre Rezepte, alle Kleider, die sie so schön bestickt hatte und auch ihre Gitarre, mit der sie so oft und gerne gespielt und dazu gesungen hatte. Sie gab alles wie mechanisch weg, wollte in der Hütte erst wieder Stille finden und vielleicht darüber nachdenken.
Sie hatte erwartet, daß sie gelobt würde, und statt dessen sollte sie alles weggeben, was ihr lieb und teuer war. Warum bestrafte man sie so? Sie verstand es nicht, und wenn

nicht die leise Stimme in ihrem Herzen immer und immer wieder gesagt hätte: „Es ist gut so, du wirst sehen", dann hätte sie das alles nicht übers Herz gebracht.
Die Berghütte und der Weg zu ihr waren ihr bekannt. Als sie sich vom Dorf entfernte, schaute sie nicht mehr zurück. Hätte sie sich umgewandt, hätte sich ihr ein wunderbares Bild gezeigt. Jeder Bewohner des Dorfes war gekommen und winkte ihr nach. Selbst als sie nicht mehr zu sehen war, blieben die Leute noch stehen und unterhielten sich lange über das, was Kathi nun bevorstand und was sie schon hinter sich hatten.

Wird auch Kathi von alleine auf die sieben wichtigsten Dinge kommen, die es gilt loszulassen?
Wird sie eine andere sein, wenn sie zurückkommt?
Wird sie in der Gemeinschaft bleiben, oder wie so viele vor ihr den Weg in die weite Welt suchen?
Mit der Zeit wurde es wieder stiller, jeder dachte an all die Ausgezogenen; wie mag es wohl Laura, wie Hans oder Maria gehen? Sind für Peter die 18 Jahre, die man in der Welt draußen lernt, bald um, wird er zurückkommen?

So viele Fragen waren plötzlich bei jedem offen, und man erkannte, daß die Tradition, beim Hüttengang einen Tag der Stille einzulegen, sehr gut war. Jeder wußte, daß all die inneren Fragen keine Antwort finden werden, sondern der Anfang eines negativen Strudels sind, der einen immer weiter und weiter nach unten zieht und die Aufmerksamkeit bindet. Ihre Aufgabe war es nun, in der Stille jede Frage nochmals anzuschauen, zu sagen, es ist gut. Mit einem lichtvollen Impuls wird die Frage dann losgelassen, und man ist wieder frei.

Auf der Berghütte

Mit jedem Schritt, den Kathi weiterging, wurde sie freier und freudiger. Der Abschied verblaßte in ihrer Erinnerung, und selbst, wenn sie daran denken wollte, es fiel ihr nichts ein. Wie ein Nebel oder eine graue Wand stand etwas zwischen der Erinnerung und dem jetzigen Augenblick. So ließ sie es gut sein und ging freudig weiter bis zur Berghütte. Dort angekommen, fand sie schon alles liebevoll vorbereitet, und so setzte sie sich auf die Bank vor der Hütte und genoß die herrliche Aussicht.

Kaum merklich veränderte sich ihr Blickfeld, und sie nahm erst schemenhaft, dann aber immer klarer ein anderes Bild wahr. Ein wunderbares Wesen, schön und mit einer so liebevollen Ausstrahlung, daß Kathi nicht müde wurde, es anzuschauen. Ja, sie kannte dieses Wesen, es kam ihr so vertraut vor, aber woher? Auf einmal traf sie es wie ein Schlag, das war sie, nur viel schöner, weiser, leuchtender. Sie schaute und suchte, wo denn nun der Unterschied genau liege, was machte dieses Wesen so anders? Im Stillen überlegte sie, wenn ich alles ändere, was ich an Unterschieden feststelle, dann bin ich wie dieses Wesen, denn so, das spürte sie in ihrem Inneren, so wollte sie werden.

Das Wesen in ihrer Vision saß aber nicht still da, sondern unternahm die verschiedensten Dinge. Einmal formte es eine Vase, und als Kathi genau hinschaute, sah sie, daß das Material aus lauter verschiedenen, farbig leuchtenden Pünktchen bestand. Diese Leuchtpunkte formten sich nahezu von allein, das Wesen mußte sich gar nicht anstrengen, obwohl es die Hände so bewegte, als würde es den Ton kneten. Kathi beobachtete noch etwas. Die Leuchtpunkte kamen aus kostbaren Truhen, sieben Stück zählte sie und jede war gefüllt mit diesen Atomen, so nannte sie die Leuchtpunkte für sich. Als das Wesen mit seiner Vase zufrieden war, stellte es diese hin und freute sich an seiner Schöpfung. Das dauerte eine Zeit, dann klatschte es vor Freude in die Hände, und schon löste sich die Vase in tausende Atome auf, die es wie von Geisterhand selbständig wieder in die Truhen zurückzog, genau nach Farben sortiert. Alle sieben Truhen waren wieder voll bis an den Rand, und jede Truhe verbreitete ein wunderbares Licht.

Die erste Truhe strahlte ein feuriges Rot aus, und außen war die Truhe mit Edelsteinen besetzt. Kathi schaute genau und erkannte, daß es Granat, Rubin, Jaspis, roter Achat und rote Koralle waren. Auch in diesen Edelsteinen funkelten die roten Leuchtatome.

Die zweite Truhe strahlte ein leuchtendes Orange aus, und die Edelsteine, die diese Truhe verzierten, waren Karneol und Mondstein.

Die dritte Truhe strahlte goldgelb, und die Edelsteine waren Tigerauge, Bernstein, Goldtopas und Citrin.

Die vierte Truhe strahlte überwiegend grün, doch auch rosa und goldene Töne waren zu finden. Jade, Rosenquarz und Smaragd waren in die Truhe eingearbeitet.

Die fünfte Truhe verbreitete ein hellblaues Licht und Türkis, Aquamarin und Calcedon verzierten diese Truhe.

Die sechste Truhe leuchtete in einem kräftigen Indigoblau, und Lapislazuli und Sodalith schmückten diese Truhe.

Die siebente Truhe warf violette, weiße und goldene Lichtstrahlen in den Raum. Bergkristall und Amethyst fanden bei den Verzierungen Verwendung.

Das Leuchten und die Kraft, die von den sieben Truhen ausging, war so stark, daß sie es fast körperlich wahrnehmen konnte, jede Farbe in einem anderen Körperbereich.

Das Wesen in ihrer Vision fing bald darauf wieder an, etwas Neues zu formen, diesesmal war es ein riesiger Park mit kleinen Seen und vielen Pflanzen und Tieren. Als es mit allem zufrieden war, klatschte es wieder in die Hände, und alle Farbatome zog es in die Truhen zurück.

Dann fing das Wesen an, wunderschöne, kleine Schmuckstücke zu erschaffen, diese gefielen ihm scheinbar so gut, daß es nicht in die Hände klatschte, um sie wieder aufzulösen, sondern es ließ alle, fein säuberlich hingestellt, weiter

existieren. Dann schuf es wieder neue Dinge, und auch diese wurden zu den schon bestehenden gestellt.
Mit der Zeit wurden die Truhen mit den Leuchtatomen immer leerer, und von den feurig roten Atomen war nur noch eines vorhanden. Gerade jetzt arbeitete das Wesen an einer Brosche, in die drei Steine eingesetzt werden mußten, rote, aber es gelang nicht mehr. Das Wesen ging zur Truhe und sah, daß diese nun leer war, wendete sich um und betrachtete all die vielen Dinge, die es erschaffen hatte, gleichsam um zu kontrollieren, ob wirklich alle roten Leuchtatome verbraucht wären. Es waren alle, wirklich alle, eingearbeitet in die verschiedensten Schöpfungen. Das Wesen hielt inne, und Kathi spürte, wie ein inneres Ringen bei dem Wesen bestand, was aufgelöst werden sollte, damit wieder Atome frei würden. Jedes einzelne Stück war ein Kunstwerk, unvergleichlich schön und von einer Strahlkraft, die ausgereicht hätte, um auf der Erde einen großen Saal zu beleuchten.
Immer wieder betrachtete das Wesen diese Kunstwerke und konnte sich nicht entscheiden. Plötzlich, geradeso als hätte es eine Idee gehabt, ging es zu einem Stück, in das sehr viel rot eingearbeitet war, nahm die benötigten Atome weg und wendete sich wieder der momentanen Arbeit zu.
Kathi, die fassungslos alles beobachtete, glaubte zu bemerken, daß die Leuchtkraft des Stückes stark nachgelassen habe, war sich dann aber doch nicht ganz sicher, da ja immer noch alles hell strahlte. Auch bei dem Teil, das die ausgeliehenen Atome erhalten hat, ließ das Leuchten deut-

lich nach. Das Wesen schien das jedoch nicht zu bemerken und fuhr fort, immer neue Dinge zu erschaffen. Nach und nach gingen immer mehr Leuchtatome aus, und immer öfter nahm das Wesen einfach Atome von anderen Gebilden weg. Nun war es eindeutig, immer wenn Atome entfernt wurden, verringerte sich das Leuchten. Manche der Schöpfungen waren schon ganz stumpf und dunkel.
Und dann geschah nochmals etwas sehr Merkwürdiges. Ein Teil, von dem immer weggenommen wurde, war schon so wenig geworden, daß nur noch ein paar der Leuchtatome vorhanden waren. Diese nahm das Wesen und baute sie in ihr aktuelles Werk ein. Kathi dachte nun, wenn das Ding nicht mehr existiert, fangen die Atome vielleicht wieder an besser zu leuchten, aber genau das Gegenteil geschah. Die ganze Umgebung verdunkelte sich. Sie wußte sofort, daß dieses Verschwinden von Teilen in ihrem Leben gleichzusetzen ist mit dem Verdrängen ins Unterbewußte. Diese Dinge bauten dann auch die Blockaden auf, die alles dunkler werden lassen. Als sie das so erkannte, sah sie, daß es immer öfter vorkam, daß das Wesen Teile nach und nach ganz und gar als Ersatzteile verwendet hatte und nichts mehr vom ursprünglichen Teil übrig war. Jedesmal wurde die Umgebung ein kleines bißchen dunkler, und, so beobachtete nun Kathi weiter, wurde das Wesen ihr immer ähnlicher. Auch immer trauriger wurde die ganze Spielerei mit den Atomen, und es schien auch viel anstrengender, so als ob die Lichtatome schwerer gewor-

den wären und sich das Wesen richtig anstrengen mußte, um was fertigzustellen.
Die neuen Schöpfungen waren auch nicht annähernd so schön wie die ersten aus den frischen Farbatomen. Es war ein Kreislauf, ein Wirbel, der nach unten, ins Dunkel, in die Traurigkeit führte. Das Wesen hielt immer öfter in der Arbeit inne, hatte nicht mehr den Spaß und Kathi bemerkte, daß dem Wesen nun schon Tränen über die Wangen liefen. Das war so traurig, daß auch Kathi anfing zu weinen. Kathi wußte, warum es so war, und wollte dem Wesen helfen, wieder glücklich zu werden.
Kathi nahm nun alle Kraft zusammen und schrie dem Wesen zu: „Du mußt die Atome befreien!" - „Du mußt die Atome befreien!" - immer wieder: „Du mußt die Atome befreien!" Doch das Wesen konnte sie weder sehen noch hören, sondern fing nun an, ganz bitterlich zu weinen. Kathi weinte genau so verzweifelt mit und rief immer wieder: „Du mußt die Atome befreien!" „Du mußt die Atome befreien!"

Vor lauter Rufen und Weinen merkte Kathi, daß sie ganz langsam wieder in ihre normale Umgebung eintauchte, ja sie saß auf der Bank vor der Hütte und weinte und weinte. Das Bild mit dem Wesen war schon lange verschwunden, bis sich Kathi endlich beruhigen konnte. Erschöpft, traurig und leer ging sie in die Hütte, legte sich auf ihr Nachtlager und schlief sofort ein.

Traumlos war die Nacht. Als sie am nächsten Morgen wach wurde, tönte ihr ihr Schrei noch immer in den Ohren: „Du mußt die Atome befreien!" und das ganze Erlebnis war ihr sofort gegenwärtig. Hatte das Wesen am Ende der Geschichte doch wie sie ausgesehen? Hatte ihr die Vision gezeigt, was der Unterschied war zwischen ihr und dem leuchtenden Wesen am Anfang der Schau? Vielleicht nur rückwärts? Sollte es sein, daß sie ihre Leuchtatome alle gebunden hätte? Sie spielte mit diesem Gedanken den ganzen Tag, kam aber zu keinem rechten Ergebnis. Abends setzte sie sich wieder auf die Bank vor der Hütte, um den Sonnenuntergang zu genießen.

Wieder, so wie am Vortag, veränderte sich das Bild, und sie sah sich selbst neben ihrer hochschwangeren Mutter schweben. Auch die sieben Truhen mit den Leuchtatomen sah sie, nur daß diese Truhen heute alle geschlossen waren. Plötzlich setzte der Geburtsvorgang ein, und sie wurde in den kleinen Körper gezogen, der soeben auf die Welt gekommen war. Gleichzeitig hatte sich der erste Truhendekkel geöffnet, und die kleine Kathi konnte sofort mit den feuerroten Leuchtatomen umgehen. Sie merkte, daß diese roten Leuchtatome ihr die Macht gaben zu riechen, und so nahm sie ihre Umgebung als Geruchswelt wahr. Sie roch ihre Mutter, die Milch, ihr Bettchen und was sie sonst noch umgab. Um das alles wahrnehmen zu können, bildete sie sich aus den roten Leuchtatomen Formen, die sie mit den Dingen verband, die um sie waren. So erkannte sie aufgrund der roten Leuchtatome, was gerade los war, das gab ihr Sicherheit, und sie fühlte sich sehr wohl dabei.

Kathi konnte beobachten, wie nach einiger Zeit der zweite Truhendeckel aufsprang und die orangen Leuchtatome zur Verfügung standen. Sofort konnte die kleine Kathi in der Vision mit diesen Atomen umgehen, vor allen Dingen erlaubten die orangen Leuchtatome, daß sie schmeckte. Es war eine schöne Erfahrung, etwas zu schmecken, so schuf sie sich ein positives Geschmacksempfinden für den Schnuller oder auch den Daumen, um möglichst oft diese neue Erfahrung anwenden zu können. Wie herrlich schmeckt ein Daumen, wenn er erst einmal so richtig aufgeweicht ist. Auch entdeckte die kleine Kathi mit diesen Leuchtatomen ihren Körper und empfand Lust.

Die Kathi auf der Bank vor der Hütte war fasziniert von den Möglichkeiten dieser Leuchtatome, und es begeisterte sie, wie selbstverständlich die Kathi in der Vision damit umging und sich ihre Wirklichkeit schuf.

Als sie bemerkte, wie der dritte Truhendeckel aufsprang, beobachtete sie, wie die kleine Kathi damit ihre Persönlichkeit entfaltete, Gefühle verarbeitete und Macht gewann. Auch das bewußte Sehen hing mit diesen goldgelben Leuchtatomen zusammen, und so konnte sie nun ihre Umwelt nicht nur riechen und schmecken, sondern auch noch sehen. Das Leben wurde immer schöner und die Möglichkeiten, darauf einzuwirken, immer vielfältiger.

Der vierte Truhendeckel gab das grüne Leuchten frei, und damit konnte die kleine Kathi tastend ihre Umwelt wahr-

nehmen. Sie konnte Liebe empfinden und auch Mitgefühl. Wie ereignisreich war nun das Leben geworden.
Gerade mit diesen grünen Leuchtatomen schuf sie viele Situationen, die mit Liebe zusammenhingen, vor allem ihrer Mutter, aber auch ihrem Vater gegenüber.
Das hellblaue Licht, das aus der fünften Truhe strahlte, schenkte ihr die Eigenschaft zu hören. Damit wurde sie ein Wesen, das mit anderen Kommunikation aufnehmen konnte. Sie konnte sich über die Sprache auch selbst ausdrücken und empfand Unabhängigkeit.
Kathi studierte sehr aufmerksam, in welche Dinge sie Leuchtatome band, war ihr doch auch gleichzeitig klar, daß sie diese wieder befreien mußte. Auch erkannte sie nun, daß diese Schöpfungen, die sie als Kind machte, nur Hilfsmittel waren, um Freude und Aufmerksamkeit und Liebe zu bekommen, und daß sie dies heute ganz anders machen würde.
Wie sie so ihren Gedanken nachging, wurde alles in blaues Licht getaucht. Sie suchte nach der Ursache und fand den Deckel der sechsten Truhe offen stehen. Diese Truhe mußte sich erst kürzlich geöffnet haben.
Seinserkenntnis, könnte man sagen, bewirken diese Leuchtatome, und übersinnliche Wahrnehmungen. Hatte sich dieser Truhendeckel etwa erst geöffnet, als sie auf die Hütte kam? Waren diese Visionen nicht übersinnliche Wahrnehmungen? Entdeckte sie nicht ihr ganzes Sein in den Visionen von dem Wesen gestern und auch von der kleinen Kathi heute?

Sie sah, wie sie nun durch dieses Erkennen die blauen Leuchtatome mit den Erkenntnissen verband. Wie sollte sie die blauen Leuchtatome befreien, wenn dadurch auch das Erkennen wieder verloren geht? Sie merkte, wie sie in eine Sackgasse geriet: Auf der einen Seite waren all diese Seinswahrnehmungen so wichtig für sie, und auf der anderen Seite band sie damit Leuchtatome.
Sie kam an diesem Punkt nicht weiter, und so verblaßte die Vision langsam, und sie fand sich wieder auf der Bank vor der Hütte. Es war schon sternenklare Nacht, und sie beschloß, ihr Nachtlager aufzusuchen.

Als sie am Morgen erwachte, waren ihre ersten Gedanken die blauen Leuchtatome. Und noch was kam auf sie zu, der Gedanke, was wohl mit der siebenten Truhe und den Leuchtatomen geschehen sollte? Ihre Gedanken sprangen ständig zwischen den Themen hin und her: Wie befreie ich Leuchtatome? Was ist mit der Seinswahrnehmung? Was machen die Leuchtatome der siebenten Truhe? Bis sie sich entschloß, erst einmal alles zu vergessen und eine Zeit abzuwarten. So wie es momentan in ihrem Kopf ausschaute, konnte sie zu keiner Lösung finden. Sie lenkte sich ab, ging in den Wäldern spazieren, pflückte Beeren und hörte auf die Vögel. Was sie aber auch machte: Immer sah sie, wie verschiedene Leuchtatome aktiviert wurden: Wenn sie zum Beispiel die süßen Beeren schmeckte, waren orange Leuchtatome aktiv, hörte sie den Vögeln zu, dann waren die hellblauen Leuchtatome aktiv. Immer mehr wurde ihr bewußt, daß die gesamte Wahrnehmung, die sie hatte, durch die Leuchtatome erfolgte, und noch was, die Leuchtatome hatten die Information angenommen, ob etwas schön oder weniger schön ist. Sie erkannte auch, daß diese Beurteilung mit ihren frühkindlichen Erfahrungen zusammenhing. Kann es sein, daß es auch ganz anders ist? Daß die Dinge, die sie nicht als besonders schön empfindet, trotzdem schön sind? Sollten die ersten Wahrnehmungen sie so beeinflußt haben, daß sie etwas ablehnte, was eigentlich für sie heute gut ist? Sie beschloß sofort, ein Experiment zu machen. Sie pflückte ein Beere, von der sie wußte, daß sie nicht giftig ist, die aber sehr bitter schmeckt, steckte sie in den Mund und stellte sich vor, daß sie gut schmeckt. Augenblicklich lief ihr das Wasser im Mund zusammen, und sie spuckte die Beere wieder aus. Der Nachgeschmack, den sie noch spürte, war dann nicht einmal so schlimm. Überwiegend an den Seiten der Zunge spürte sie den bitteren Geschmack, während die anderen Zungenbereiche nicht reagierten. Der Geschmack ließ ein etwas rauheres Gefühl im Mund zurück, und es war nicht einmal so unangenehm. Sie beschloß noch einen Versuch zu machen und steckte wieder eine Beere in den Mund. Dieses Mal war es nicht so schlimm wie das erste Mal, aber als gut konnte sie die Beere nicht empfinden. Sie experimentierte noch mit vielen anderen Dingen, kam aber zu keinem zufriedenstellenden Ergebnis.

Als sie sich abends wieder vor die Hütte setzte, um den Sonnenuntergang zu genießen, wartete sie, daß wieder eine Vision entstehen würde, es geschah aber nichts. Da nahm sie sich vor, einfach die Leuchtatome zu befreien, die heute keinen Sinn mehr für sie darstellten. Als erstes wollte sie die orangen Leuchtatome aus der zweiten Truhe befreien, die sie als Baby in ihren Schnuller gesteckt hatte. Den Schnuller gab es schon lange nicht mehr, also kann man ruhig diese Leuchtatome befreien. Sie holte das Bild von dem Schnuller vor ihr geistiges Auge und sagte still für sich, ich gebe diese Atome frei. Es geschah nichts. Dann stellte sie sich eine Schere vor, mir der sie den Schnuller in die einzelnen Leuchtatome zerschnitt, aber sofort vereinigten sich die Leuchtatome wieder. Sie klatschte in die Hände, wie das Wesen in der ersten Vision, aber es geschah nichts. Sie dachte sich noch viele andere Methoden aus, die Atome zu befreien, aber es ging nicht.
So schaute sie sich die Dinge an, die sie vor dem Weggang verschenkt hatte. Ihre Gitarre gehörte nun jemand anderem, aber wenn sie hinfühlte, gehörte sie geistig immer noch ihr, und damit waren auch die Leuchtatome noch gebunden. Auch all die anderen Dinge, die sie weggegeben hatte, alle waren noch da, gehörten noch ihr. Wie sollte sie es schaffen, diese Atome zu befreien? Dann dachte sie an all die im Dorf und auch daran, daß all die Älteren schon auf der Hütte gewesen waren und scheinbar erfolgreich diese Aufgabe gelöst hatten. Sie ging alles noch mal in Gedanken durch und hoffte, auf einen Hinweis zu

stoßen, der ihr Bewußtsein in die richtige Richtung lenkte. Da, da war es! Was sagten die Ältesten, als sie mich umarmten?
"Wenn Du nicht mehr weiter weißt, laß alle Gedanken ruhen und wisse dich von mir geliebt."
Und sie versuchte, alle Gedanken ruhen zu lassen und wollte sich in das Geliebtsein hineinspüren. Es fielen ihr viele Situationen ein, in denen sie mit den grünen Leuchtatomen das Gefühl gespeichert hatte, geliebt zu sein. Je mehr sie in solche Situationen hineinspürte, um so besser ging es ihr. So fühlte sie sich frei und glücklich, und dieses Gefühl bewirkte etwas Besonderes. Der Deckel der siebenten Truhe war von Anfang an geöffnet, und es fand ein reger Austausch von violetten Leuchtatomen statt, aber nicht so wie bei den anderen Truhen, daß sie darüber verfügen konnte, sondern es war ein Strom, der senkrecht nach oben ging oder von oben kam, je nachdem ob man ankommende oder abfliegende Leuchtatome beobachtete. Nun, durch dieses Gefühl der Liebe konnte sie nun auch über diese Leuchtatome verfügen. Es geschah etwas Wunderbares: Sie wurde ganz hell, fing selber an zu leuchten und erkannte, daß Gott und Christus sie unendlich lieben. Diese Liebe ist so stark, daß sie sie nicht lange aushalten konnte. Sie löste sich fast auf in dieser Energie und wußte gleichzeitig, daß sie einmal so stark sein mußte, auch diese auszuhalten, in ihr aufzugehen. Auch war ihr klar, daß das, was sie erlebt hatte, nur ein ganz klein wenig von dem war, was sie später einmal erwarten wird. Vollkommen

selig ging sie diesen Abend zu Bett und schlief wunderbar ein. In einem Traum erkannte sie, daß dies der Weg ist, alle Leuchtatome wieder zu befreien.
Am nächsten Tag wollte sie gleich wieder in dieses wunderbare Christuslicht eintauchen, aber es gelang ihr nicht, sie konnte es selbst nicht herbei zwingen. Auch die folgenden Tage versuchte sie es immer wieder, aber ohne Erfolg, bis sie ganz resigniert aufgab. Dann dachte sie an die anderen im Dorf, die es ja auch geschafft hatten, warum sollte es sie nicht auch schaffen? Da fiel ihr wieder ein, was ihr die Alten beim Abschied gesagt hatten: Wenn Du nicht mehr weiter weißt, laß alle Gedanken ruhen und wisse dich von mir geliebt.
Ja, auf diese Liebe wollte sie sich besinnen und konnte sich schnell einstimmen. Bald schon waren ihre Gefühle so von Liebe durchtränkt, daß sie nur noch lächelnd in dieser Stimmung verweilen wollte. Wie schon das erstemal geschah wieder dieses Wunderbare, sie wurde ganz hell, fing selber an zu leuchten und erkannte, daß Gott und Christus sie unendlich lieben.
Nun wurde ihr auch klar, daß sie selbst die Vorbereitung treffen mußte, damit das Licht sie nicht schädigte. Hätte sich diese Energie eingestellt, ohne daß sie sich vorher in diese selige Stimmung versetzt hätte, es wäre zuviel gewesen. Dieses Licht verwandelte sie jedesmal ein wenig mehr, auch konnte sie in diesem Zustand die Atome befreien. Die orangen Leuchtatome aus ihrem Schnuller lösten sich ganz leicht in dem Augenblick, wo sie empfand,

daß sie so glücklich war und geliebt wurde, auch ohne den Schnuller. Viele Dinge löste sie auf, und es fiel ihr nicht schwer, doch manche waren dabei, die konnte sie trotz dieses Lichtes und der wunderbaren Energie nicht auflösen. Eines davon waren die Leuchtatome, die ihren Körper ausmachten. Sie würde sterben, und das wollte sie nicht. Also versuchte sie nach Lösungen zu suchen, wie sie es schaffen konnte, diese Leuchtatome beizubehalten. In einer Schau wurde ihr einmal gezeigt, daß ihre Schöpfungen vom Körper nicht hundertprozentig richtig sind, weil sie zum Zeitpunkt des Erschaffens nicht den gesamten Überblick hatte. Es ging sogar so weit, daß kein Augenblick der richtige sei und sich immer Fehlinformationen einschleichen, egal wie weit man alles überblicken kann. Bei dieser Schau wurde ihr auch gezeigt, wie sie durch eine falsche Vorstellung beim Aufbau ihres Körpers später einmal krank werden wird, sogar so krank, daß dieser Körper nicht mehr lebensfähig ist. In ihrer Not und im Angesicht des kommenden Todes gab sie sich vollkommen Gott und Christus hin und starb. Gerade im dem Augenblick, wo sie endgültig den Körper verlassen wollte, erfüllten sie unendlich viele violette Leuchtatome und heilten ihren Körper. Sie fühlte sich wie neu geboren.

Langsam erkannte sie, daß das Nichtauflösen der Atome eine Vorstufe der Sterbens ist. Es ist immer alles mit Fehlern durchdrungen, egal was man schafft. Es ändert sich alles, ständig. Löst man etwas nicht auf, wird es alt und mit der Zeit unrichtig. Was für sie als Baby richtig war, hinderte sie schon im Kindesalter, noch mehr in der Jugend und erst recht als Erwachsene. Sie erkannte auch, daß viele Erwachsene, die nicht zur Gemeinschaft gehörten, noch nach Baby-Mustern lebten und daß sie aus diesem Grunde sehr unglücklich waren. Sie alle lebten hauptsächlich in den ersten drei Energien, riechen, schmecken und Macht ausüben. Lieben, (Zu)Hören und Seinserfahrung waren ihnen vollkommen fremd.

All diese Gedanken bewogen sie, nun endlich auch zu sterben, alle Leuchtatome zu befreien, die mit ihrem Körper zu tun hatten. Auf der einen Seite hoffte sie zu überleben, und auf der anderen Seite war sie sich nicht sicher, ob sie nicht vielleicht doch sterben würde.

Auf jeden Fall bereitete sie sich vor, an diesem Abend die Körperatome freizugeben. Sie stimmte sich wieder auf das Licht und diese wunderbare Energie ein, und bald schon hatte sie Verbindung damit. Gedanklich nahm sie Abschied von allen, die sie kannte, zu jedem ging sie in Gedanken und drückte ihn noch mal fest und verabschiedete sich dann. Bei manchem spürte sie ein tiefes Ziehen in der Brust, das aber gerade noch auszuhalten war, als sie jedoch zu ihrer Mutter ging, um sich zu verabschieden, hatte sie das Gefühl, als würde man ihr das Herz herausreißen. Sie schrie sogar, so heftig war der Schmerz. Also ließ sie locker und erholte sich, um es noch einmal zu probieren. Auch diesesmal gelang es ihr nicht, sich von ihrer Mutter zu verabschieden. Nochmals und nochmals machte sie einen Anlauf, immer ohne Erfolg. Dann probierte sie es mit ih-

rem Vater, auch da ging es nicht, es stellte sich ein Schmerz ein, als würde man ihr das Herz herausreißen.
Sie hielt dann inne, denn jeder Versuch war so anstrengend und schmerzhaft, daß sie einfach eine Erholungszeit abwarten mußte. Daß Liebe so weh tut? Manchmal hatte sie geschrien wie ein waidwundes Tier.
In ihrer Not wandte sie sich an das Licht, in dem sie Christus spürte, und fragte, warum sie nicht loslassen konnte. Das Licht gab ihr die Antwort: "Zwischen dir und deinen Eltern und später auch deinen Kindern besteht echte göttliche Liebe, sie sind ein Teil von dir und du von ihnen, diese Verbindung ist durch nichts aufzulösen oder zu trennen. Du kannst es hunderttausendmal versuchen, der Schmerz in deinem Herzen wird immer gleich heftig sein."
So versuchte sie es nicht mehr, sich von ihren Eltern zu trennen, da sie ein Teil von ihr waren, sondern sagte nur, daß sie nun die Atome des Körpers befreien wird und sie sich keine Sorgen zu machen brauchten, denn sie seien in göttlicher Liebe verbunden.
Dann war sie so weit: "Ich bin bereit zu sterben", sagte sie zum Licht, und im gleichen Augenblick schrie sie wieder wie ein waidwundes Tier. Es war, als würde man ihr das Herz herausreißen. Es tat so unendlich weh, es war nicht auszuhalten, dieses Gefühl war mehr, als sie ertragen konnte. So hielt sie inne, um sich vom Schmerz zu erholen, und fragte das Licht, was nun sei. Das Licht antwortete: „So, wie du deine Eltern liebst und ein Teil von ihnen bist, so liebe ich dich, weil du ein Teil von mir bist. Du wirst

niemals gehen können, du bist unendlich geliebt". Und abermals schwang eine Welle der Liebe in ihr Herz, daß sie meinte, es würde wieder herausgerissen, aber dieses Mal war es milder, unendlich weit und tief und vollkommen. Dieses Gefühl, vom Licht geliebt zu werden, durchdrang sie ganz, daß sie ihre Identität völlig vergaß. Sie war geliebt, so unendlich von Christus ihrem Meister, sie war ein Teil von ihm. So ging sie total auf in diesem Gefühl und dieser Kraft, und plötzlich - war es nach Stunden? - gab es wieder ein so tiefes Ziehen in ihrer Brust, daß sie es fast nicht ausgehalten hätte. Eine Stimme sagte dann zu ihr, oder war es doch keine Stimme, nur ein gewaltiges inneres Wissen: „Christus ist ein Teil aus meinem Herzen, ich werde ihn ewig lieben, nichts kann diese Liebe zerstören. Du bist ein Teil aus dem Herzen Christi und wirst ewig geliebt sein, nichts kann diese Liebe zerstören." Es war unbeschreiblich, zu spüren, unendlich und ewig geliebt zu sein. Ihre Tränendrüsen waren schon ausgetrocknet, der Körper gab keinen Tropfen mehr her, so viel hatte sie in diesen letzten Stunden geweint, und trotzdem hatte sie den Eindruck, als müsse sie zerfließen. Es war so schön, schmerzhaft schön. Während diese zweite Stimme zu ihr gesprochen hatte, fühlte sie sich mitten im Universum, fühlte, alles ist gut, fühlte sich verbunden mit allen Menschen, mit der ganzen Schöpfung. Gleichzeitig nahm sie alles wahr, von der kleinsten Ameise im bayerischen Wald, bis zum vergessenen Kometen im Weltall. Alles

war gegenwärtig, Vergangenheit und Zukunft, alle feineren und alle dichteren Welten. Sie war der Kosmos.
Als sie wieder ihr Bewußtsein auf der Bank vor der Hütte erlangt hatte, wußte sie nicht, ob das ganze sechs Stunden oder hundert Jahre gedauert hatte. Sie war geliebt, das wußte sie mit einer Gewißheit, wie es keine zweite gab. Jeder Zweifel war ausgeschlossen, sie wird geliebt, egal ob sie alt oder jung, tot oder lebendig ist, sie wird geliebt.
So ging sie zu ihrem Nachtlager und schlief auch sofort ein. Am nächsten Tag war sie noch so erschüttert von dieser Liebe, daß sie sofort anfing zu weinen, wenn sie auch nur ein klein wenig daran dachte. Sie machte lange Spaziergänge in den Wäldern, um sich zu erholen. Diese Energie war so mächtig, daß sie sich erst langsam an die dichte Form des Körpers gewöhnen mußte. Nach und nach gelang ihr das besser, und so setzte sie sich wieder einmal auf die Bank, um den Sonnenuntergang zu beobachten. Das Licht und die Energie waren weiter weggerückt und sie war auch ein wenig froh darüber, denn ständig aus den Schuhen gehoben zu werden, ist auf die Dauer doch sehr anstrengend. Auch wußte sie, daß dieses Erlebnis nicht ständig in dieser Form aufrecht erhalten werden kann, denn dann hätte sie keine Existenzmöglichkeit mehr als Mensch auf dieser Erde.
Heute nun bildete sich abermals eine Vision, und sie sah das Wesen der ersten Vision nochmals, aber nicht mehr traurig, sondern freudig, schöpferisch tätig. Immer erschuf es etwas Neues, um nach einer Zeit des Genießens das

Geschaffene wieder aufzulösen. Die Truhen waren voller Leuchtatome.

Was sie wunderte war, daß aber nun nicht sieben Truhen um das Wesen standen, sondern gleich zwölf. Hatte sie die fünf weiteren damals übersehen? Heute wollte sie sich den Kopf darüber nicht zerbrechen. Sie wußte, sie hatte es geschafft, alle Atome waren befreit.

Sie stellte fest, daß sie Dinge vollbringen konnte, die sie sich vorher nicht einmal hätte träumen lassen. Ein schwerverletztes Reh, das gerade am Sterben war, konnte sie spontan heilen. Sie hatte aus all den frei zur Verfügung stehenden Leuchtatomen ein Energiefeld erschaffen, das das Reh sofort gesund aufspringen ließ. Das Reh kam dann auf sie zu und drückte sich mit dem ganzen Körper längsseits an sie, daß sie kräftig dagegenhalten mußte, um nicht umzufallen. Das Reh begleitete sie zur Hütte, und auf einmal merkte sie, daß sie mit dem Reh sprechen konnte. Das Reh wurde eine gute Freundin und ging später sogar mit ins Dorf hinunter. Die zwei Monate, die sie auf der Hütte sein sollte, waren nun bald zu Ende, und sie freute sich schon auf den Nachhauseweg und all die lieben Freunde im Dorf.

Sie hatte auch viele andere Fähigkeiten erhalten, die sie unbewußt einfach einsetzte. Einmal bei einem Gewitter brach der Sturm einen Baum um, der genau auf die Hütte gefallen wäre. Sie konnte durch die Wände der Hütte schauen und den Baum im Flug aufhalten. Es sah komisch aus, als sie am nächsten Tag ins Freie ging und den Baum

immer noch in der Luft hängen sah, so wie sie ihn gestoppt hatte. Spontan mußte sie hellauf lachen, hatte sie doch in der Nacht geglaubt, daß dies nur ein Traum sei. Nun mußte sie versuchen, den Baum auf die Erde zu bringen, ohne nachträglich die Hütte zu zerstören. Es war ausgesprochen schwierig. In der Nacht hatte ein Gedanke oder Gefühlsimpuls genügt, um den Baum zu stoppen, nun aber, wo sie es bewußt machen mußte, war es sehr schwierig.
Bis zu ihrem Abschied von der Hütte schaute sie sich jeden Abend den Sonnenuntergang an. Immer konnte sie auch sich selbst sehen und ihre Truhen mit den Leuchtatomen. Sie sah auch, daß sie ständig über die violetten Leuchtatome mit dem Licht verbunden war. Jeden Augenblick wurde sie erneuert, nichts Altes, Abgestandenes war mehr in ihrem Körper, kein Leuchtatom war mehr notwendig, um die Gesundheit aufrechtzuerhalten.

Als sie den Weg zurück zum Dorf antrat, stellte sie fest, daß das Fastengewand, das man ihr geliehen hatte, verschwunden war. Statt-dessen hatte sie ein wunderschönes Kleid an und feine Schuhe. Sie wußte nicht, wie das geschehen war, wunderte sich aber mittlerweile nicht mehr darüber, sondern schritt fröhlichen Schrittes auf das Dorf zu.

Holzfeuer

Der alte Mann am Fluß erzählte Kathi immer schöne Geschichten. Es waren Geschichten, die sie miterleben konnte, wenn sie beim Zuhören die Augen schloß. Und noch was: Es fanden sich bei genauer Beobachtung der Natur eben die Dinge bestätigt, von denen der alte Mann erzählte. Es war, als würde er einfach der Natur die Geheimnisse abschauen, wenn er eine Frage hatte. Es war alles so einfach bei ihm.
Einmal hatte sie einen Freund und wollte immer bei ihm sein; die Eltern sprachen kein Verbot aus, aber sie spürte, daß es nicht ganz in Ordnung war: So wollte sie den alten Mann heute um eine Geschichte bitten.

Der alte Mann hatte ihr aufmerksam zugehört, er schwieg eine Zeitlang, um dann ganz langsam und leise zu erzählen:

"Manchmal habe ich den Eindruck, daß ein zu häufiger Kontakt wie ein zu starker Wind ist. Dir mag dieses Beispiel vielleicht komisch vorkommen, aber für mich stellt es sich wie ein Bild dar.

Es wird ein Feuer angezündet, und jemand bläst in die kleinen Flammen, bis sie züngeln und sich stabilisieren. Nach einer kurzen Zeit ist das Feuer so kräftig, daß man keinen Wind mehr braucht.

Es brennt ruhig vor sich hin, es ist harmonisch, ruhig, obwohl die Flammen flackern. Es strömt Wärme und Licht aus.

Zwei große Holzscheite brennen und nähren das Feuer. Sie verzehren sich, transformieren sich. Das Auflösen der physischen Form und Eingehen in das Geistige bereichert auch die Umgebung."

"Es ist interessant," so sagte er ganz bedeutungsvoll, "der Raum um die Scheite darf nicht zu groß sein. Du weißt, ein einzelnes großes Scheit verlischt immer." Und er fuhr weiter: "Und er darf auch nicht zu dicht sein. Du weißt, es zieht sonst nicht und der Bereich der größten Nähe verkohlt nur. Selbst wenn du Papier, das gut brennt, zu dicht zusammen hast, dann brennt selbst ein Telefonbuch nicht einmal.

Es gibt eine Zone, einen Zwischenraum, der ideal ist, da lodern die Flammen in einem wunderbaren Spiel. Ein Scheit wärmt das andere. Es ist fast etwas Heiliges, wenn man diesem Spiel der Flammen zuschaut. Vielleicht ist es der Zustand der Auflösung, des Überganges, den man spürt, wenn einen die Flammen faszinieren?

Ich sehe euch als diese beiden Scheite, wie du sicherlich schon erraten hast. Das Holz sind euere Unzulänglichkeiten, das, was uns trennt vom vollkommenen Menschsein. Dadurch, daß ihr euch begegnet und lichtvoll miteinander umgeht, könnt ihr vieles auflösen, in euch bewegen und zu göttlich liebenden Geschöpfen werden.

Und da erlebe ich zu große Nähe und zu große Ferne als störend. Und noch was kann stören, auch wenn der Abstand stimmt, das ist ein zu starker Wind. Er kann ein Feuer anheizen, auf die Dauer jedoch stört er. Er macht ein Strohfeuer oder löscht vorzeitig aus, was anders sich so schön hätte entwickeln können."

Kathi schaute ihn mit großen Augen an, sie konnte sich nicht erklären, wofür der Wind symbolisch stehen sollte. Sie grübelte immer in ihren Gedanken, fand aber keine rechte Entsprechung. Zu fragen traute sie sich auch nicht, es war eine so heilige Stimmung, und sie hatte Angst, mit ihrer hellen, klaren Stimme das zu zerstören. So schwieg sie und hoffte, daß der alte Mann von alleine draufkommen würde.

Der alte Mann hatte natürlich gemerkt, daß Kathi ratlos schaute, und er wollte sie ein wenig auf die Folter spannen. Er lächelte sie an und fragte:
„Weißt du, was Holz ist?" Ohne ihr jedoch die Möglichkeit einer Antwort zu geben, fuhr er sofort weiter und zeigte ihr eine kleine Hand voll Asche, dabei sprach er: „Diese kleine Menge Asche war einst ein großer, starker Baum, so wenig Irdisches bleibt, der Rest war Licht. Schau,

wenn die Pflanzen wachsen, wandeln sie Sonnenlicht in Holz um. Ganz grob gesagt: Verbrennen wir Holz, wird wieder Sonnenlicht und Sonnenwärme frei." Kathi nickte, darüber hatte sie schon oft nachgedacht, und es war ihr nichts Neues, aber worauf wollte er hinaus? Der alte Mann hatte etwas innegehalten, dann fuhr er weiter: „Wir Menschen sind genauso, ganz wenig Irdisches und unendlich viel Licht. Vom Mengenverhältnis sind wir fast nur Licht, aber wir haben es vergessen und fühlen uns oft so unendlich schwer und dicht." Kathi nickte wieder, diesmal langsamer, ja, sie verstand den alten Mann und das, was er sagen wollte. Sie legte ihre Hand an das Kinn, als müßte sie es halten; in dieser Stellung konnte sie am besten weiterdenken.

Und sie dachte und dachte, es stimmte einfach alles zusammen, wenn ihr Leben das Verbrennen der Holzscheite wäre und sie Licht und Wärme abgeben, dann wäre es wichtig, daß man nicht zu schnell, zu heiß verbrennt. Vor ihrem geistigen Auge sah sie ein noch grünes Stück Holz liegen, das Feuer loderte auf durch einen Windstoß, und es entwickelte sich zu einem großen Feuer. Dadurch strahlte es so viel Hitze aus, daß auch dieses grüne Stück Holz anfing zu brennen. So schaute es aber nur im ersten Augenblick aus.

Das Holz fing an zu qualmen und zu rußen und zu stinken, dann sah sie genau hin und konnte sehen, wie an den Enden Safttränen aus dem Holz quollen. "Das Holz weint",

dachte sie, "wie auch bei den Menschen." Ihr wurde klar, daß sie nie fanatisch werden dürfe, wenn es darum ging, über das Licht zu reden. Sah sie doch, daß das grüne Holz erst zwei, drei Jahre in der Sonne gelagert werden muß, damit es rauchfrei brennen kann.
Noch was wurde ihr nun klar, ihre Dorfgemeinschaft nahm nie jemanden auf, obwohl sehr viele darum baten, bei ihnen auf Dauer leben zu dürfen. Sie hatte es nie verstanden, nun war sie sich aber klar, daß diese Leute so wie grünes Holz nur Rauch, Qualm und Gestank in ihrer Gemeinschaft hinterlassen würden und selbst obendrein noch unheimlich darunter leiden würden.

Der heftige Wind ist also die Leidenschaft, dachte sie und nickte bestätigend für sich. „Ja, du hast recht", sagte der alte Mann, als hätte er ihre Gedanken gelesen.

Der alte Mann sprach weiter: „Das Feuer vor meinem geistigen Auge wird nun von einem unsichtbaren Helfer neu zusammengerichtet, und die Berührung der beiden Scheite bewirkte einen Funkenflug, der gleich einem Feuerwerk die ganze Umgebung noch mehr erhellt und in ein wunderbar mildes Licht taucht.

Aber nicht nur Negatives löst sich in einem Beziehungsfeuer, sondern es entsteht soviel Neues, Positives, wie die Weite des Herzens, die euere Augen noch besser strahlen läßt und eine tiefe Milde in euere Stimmen zaubert."

Sie stand auf, umarmte ihn und strömte ihm von Herzen all die Liebe zu, die sie empfinden konnte.

Das Bild vom Feuer begleitete sie ihr ganzes Leben, und immer konnte sie in diesem Bild jede Lebenssituation betrachten.

Sie wurde behutsam und sehr weise.

Für Schneeflocken

In einer großen, schweren Wolke waren unendlich viele Wassermoleküle, doch nicht so dicht, daß sie sich nicht hätten bewegen können. Sie wurden von Luftwirbeln geschoben, gedrängt. Wie in einem spielerischen Tanz trieben sie umher. Alle waren glücklich und zufrieden. Doch plötzlich, man wußte nicht woher es kam, aber es war in aller Munde: "Wir wollen unsere Individualität erfahren", "Wir wollen sein". Es wurde immer lauter, immer drängender. Sie vergaßen die Einheit, das schöne Gemeinsame, den Tanz mit den Lüften, die Harmonie. Je mehr sie es vergaßen, umso kühler wurde es, und je kühler es wurde, umso lauter war das Rufen: "Wir wollen uns erfahren", "Wir wollen wissen, wer wir sind". Es war ein Teufelskreis, je lauter sie schrien und forderten, umso kälter wurde es, immer kälter und dadurch das Rufen noch drängender: "Wir wollen uns verwirklichen". Jedes einzelne Wassertröpfchen hatte eine ganz eigene Vorstellung von sich. Jedes wollte so sein, wie es die Vorstellung von sich hatte. Da geschah es: Es war so kalt, daß sie erstarrten. Starr und steif fanden sie Ausdruck in einem Kristall, in einem Eiskristall. Jedes Kristall war anders. Jedes hatte ein anderes Muster, andere Spitzen, war anders geformt. Es schien, je nachdem wie diese Wassermoleküle gedacht hatten, so formte sich das Muster des Kristalls. Ja man konnte sagen, jedes Kristall brachte genau das zum Ausdruck, was es war. Immer mehr Kristalle mit ähnlichen Wünschen, mit ähnlichen Neigungen fanden sich zusammen. Doch sie waren so starr und stachelig, daß sie sich nicht nahekommen konnten. Auch waren sie teilweise ineinander verwachsen, miteinander verbunden, sie konnten sich nicht trennen. So piksten und stachen sie sich gegenseitig. Sie schrien sich an: "Geh weg, ich will mich erleben, ich will sein." Und je mehr sie schrien und sich gegenseitig abstießen, umso härter wurden sie. Dabei merkten sie nicht, daß sie mit ihren Spitzen, die sie rundum hatten, die anderen verletzten und den anderen weh taten. Sie spürten nur wie die Stacheln und Spitzen der anderen sie piksten und stachen. So war es ein Geschrei und ein Gebrüll. Doch langsam löste sich alles auf, die Wolke platzte, und es fing an zu schneien. Jetzt waren die Kristalle glücklich, sie schwebten frei in der Luft und jubelten: "Schau nur, wie herrlich wir sind, wie schön wir sind. Sind unsere Eigenarten nicht wunderbar anzuschauen? Glitzern wir nicht in der Sonne? Ach, wie sind wir glücklich, wie sind wir herrlich. Endlich sind wir wer. Wir erkennen uns. Wir sind Eiskristalle. Wir brauchen Platz, denn wir haben Stacheln und Spitzen, schön angeordnet. Wir sind herrlich." Und so jubelten sie und freuten sich und schwebten dabei langsam zu Boden. Beim Abwärtsschweben kamen sich Eiskristalle näher, doch störten sie sich nicht mehr aneinander, sondern hielten sich gegenseitig im Spiel fest. Lockere Verbände waren es, und so erschien es dem Betrachter, daß Schneeflocken runterfallen, bestehend aus lauter einzelnen Kristallen, die sich locker aneinander halten. So gab es größere und kleinere Flocken, und alle schwebten dahin, wie Familien. So kamen sie nach unten. Doch der Flug von der Wolke bis zum Boden dauerte nicht lange. Viel zu schnell, viel zu kurz war er. Sie setzten ganz sacht, watteweich auf dem Boden auf. Aber schon in diesem Augenblick hörten sie unter sich andere Schneeflocken, andere Kristalle schreien: "He, ihr da oben, geht weg, ihr nehmt uns das Licht, ihr drückt uns zusammen, wir zerbrechen, unsere schönen Spitzen brechen ab, geht weg." Das Geschrei unter ihnen wurde immer lauter und sie erwiderten: "Wir können doch nichts dafür, wir müssen doch landen, wir können nicht immer in der Luft bleiben." Aber das Geschrei unter ihnen wurde immer lauter. Man hörte es knirschen und knacken, als einzelne Kristalle und Zacken brachen. Es war furchtbar. Ihnen lief es eiskalt über den Rücken. Und plötzlich setzte sich auf sie drauf eine ganze Gruppe von Eiskristallen. Eine riesengroße, dicke Schneeflocke saß auf ihnen, und sie fingen sofort an zu schreien und zu zetern: "He, ihr, geht weg, wir wollen nicht, daß ihr auf uns sitzt." Aber die beteuerten: "Wir wollen doch nicht auf euch drauf, aber wir müssen runter, wir können nicht ewig in der Luft bleiben." Und so ging es immer weiter und immer neue Schneeflocken setzten sich oben drauf. Sie merkten, wie sie zusammengedrückt wurden, wie es weh tat, wie sie sich stachen und piksten, doch sie konnten es einfach nicht ändern. Sie waren ganz verzweifelt und sehnten sich so sehr nach ihrem Zustand in der Wolke zurück, als sie noch keine Eiskristalle waren, als sie noch frei und ungebunden waren, als sie sich noch so nahe sein konnten, als sie sich nicht stachen, als sie noch keine Stacheln hatten. Aber es half jetzt nichts. Sie waren hier, sie mußten stechen und wurden gestochen, sie konnten nicht aus. Das Jammern und das Leid schien kein Ende zu nehmen. Nach langer Zeit fühlten sich ein paar dieser Schneeflocken gehoben. Es war, als würde sie jemand in die Hand nehmen. Es wurde wieder heller und die Last der anderen Schneeflocken wurde geringer. Auch das Gejammer und das Gestöhne war nicht mehr so laut und es schien ihnen, als würde sie jemand ansehen. Sie spürten einen warmen Luftzug, und sie fingen an, leise zu jammern. Schmolzen sie doch dahin in dieser Wärme, verloren sie ihr ganzes Ich, ihr ganzes Sein. Leise fingen sie an zu flehen: "Bitte laß uns, wir verlieren uns doch sonst, wir sind doch sonst niemand mehr." Und der, der sie in der Hand hielt, schaute sie mit einem liebevollen Blick an und schien sich nicht um ihr Bitten zu kümmern. Er hauchte sie weiter an. Die obersten Kristalle, die dem Hauch am nächsten waren, hatten schon alle Spitzen verloren, ganz glasig, ganz wäßrig, wie eine große Träne sahen sie aus, und schwupp da fiel auch schon der erste Tropfen von geschmolzenen Kristallen zu den anderen hinunter, die sich noch so gegenseitig fernhielten mit ihren Stacheln. Und dieser erste Tropfen legte sich zwischen zwei Kristalle und füllte den Zwischenraum aus. Es war schlimm für den Tropfen, war es doch so schön, geschmolzen zu sein... und jetzt zwischen zwei so stacheligen Gesellen. Der Tropfen spürte die Kälte, die die Kristalle ausstrahlten, und er hatte Angst, selbst wieder zu erstarren. "Nein, ich will kein Eiskristall mehr werden, ich will geschmolzen bleiben. Als Tropfen muß ich nicht mehr verletzen, kann ich viel liebevoller sein und wärmer." Diese Gedanken bewirkten, daß auch die beiden Eiskristalle zu schmelzen anfingen. Als erstes schmolzen ihre schärfsten Spitzen, und nach und nach wurden sie ganz und gar wäßrig. Dieses Schmelzen erlebten sie als leidvoll, sie befürchteten, daß sie sich selbst verlieren, daß sie vergehen würden. Mit der Zeit wurden sie immer wäßriger, und ihr ganzes Ich, ihre Form, ihr Ausdruck, alles was sie waren, löste sich auf. Mit einem kleinen Schwupps verschwanden die beiden Eiskristalle, und der Tropfen war ein klein wenig größer geworden. Nun waren sie glücklich, nun konnten sie dichter beieinander sein, fühlten eine Einheit, eine Freude. Mit der Zeit war das ganze Häufchen Schnee in der Hand geschmolzen. Geschmolzen zu einer kleinen Wasserlache. Nichts mehr, aber auch gar nichts mehr war zwischen ihnen. Nichts hielt sie voneinander ab. Sie konnten sich begegnen, so nah es nur möglich war. Ihre Seelen berührten sich in einer Ähnlichkeit, in einer Dichte. Nichts, aber gar nichts mehr fanden sie schmerzvoll oder unerträglich am anderen. Alles was sie trennte, war dahingeschmolzen. Alles, was vorher ihren Charakter, ihren Zustand ausmachte, war weg. So konnten sie sich lieben und achten und sie wunderten sich, wie schön es war, nicht mehr verletzen zu müssen, wie schön es war, alles aufzugeben, was man vorher für so gut gehalten, was man vorher so verteidigt hatte. Nun fragten sie sich, wer sie so geschmolzen hat, wer ihnen diese Erlösung, diese Befreiung gebracht hat? Diese Gnade, sich so nahe begegnen zu dürfen? Da ging die Antwort durch die Reihen, daß es Jesus Christus gewesen sei, der sie persönlich in die Hand genommen hat, der sie ganz persönlich geschmolzen hat, befreit hat von allem, was sie voneinander getrennt hatte. Glücklich über diese Botschaft blieben sie ruhig in seiner Hand liegen. Die graue Wolkendecke schob sich auseinander, und es tat sich der Himmel auf, ein Sonnenstrahl traf den kleinen See in der Hand, brach sich darin und spiegelte die Schönheit der gesamten Schöpfung.

Hole den Becher

Ein junger Mann ging eines Tages in einen großen, tiefen Wald. Er hatte sich aufgemacht, einen alten Weisen zu suchen, von dem er gehört hatte. Er war lange Zeit gewandert, ohne ihn zu finden. Seine Sehnsucht, mit diesem Weisen zu sprechen, ihn zu fragen, wo Gott sei, diese Sehnsucht war so groß, daß er nicht innehielt und immer weiter wanderte.

Eines Tages traf er auf eine große Lichtung und spürte in sich, daß er seinem Ziele nicht mehr fern war. Er wanderte geradewegs über die Lichtung hinweg und erblickte am Rande der anderen Seite ein schönes, prächtiges Haus. Er ging auf dieses Haus zu und war etwas verwirrt. Das Haus war so wunderschön und gepflegt, der Garten herum war ebenfalls eine Pracht. Alles fügte sich harmonisch ineinander. Alle Blumen, Gräser und Kräuter, die hier wuchsen, ordneten sich in Gruppen und waren einfach herrlich anzuschauen. Kein Kraut, keine Pflanze drängte sich vor oder wucherte, alles war in einer wunderbaren Ordnung, in einer wunderbaren Harmonie.

Ach, dachte er bei sich, das ist sicherlich nicht das Haus des Weisen, das ich suche. Er wird sicher in einer Höhle oder in einer alten, ärmlichen Hütte wohnen. Die Neugierde, wer wohl hier in diesem wunderschönen Haus lebte, war im Augenblick jedoch größer als das Verlangen, den alten Weisen in seiner Höhle zu finden. So ging er durch den Garten auf das Haus zu.

Es war herrlich, hier zu gehen. Wie wunderbar weich war der Boden, wie wohlig waren die Gerüche. Er betrat das Haus. Auch hier fiel ihm die wunderbare Harmonie auf. Es gab nur einen Raum. Er erinnerte ihn an einen Tempel. Doch vergeblich suchte er eine Stelle, die einem Altar glich, auf dem Opfer dargebracht werden. Er konnte sich aber des Eindruckes nicht erwehren, in einem Tempel zu sein.

In der Mitte saß, ihm mit dem Rücken zugekehrt, eine Gestalt mit langem Haar. Er schöpfte wieder Hoffnung und dachte bei sich: Das wird wohl der alte Weise sein. Da kann ich ihm gleich meine Fragen stellen. Und schon sprudelte es aus ihm heraus: "Hallo, bist Du der alte Weise? Ich hätte so gerne gewußt, wie ich zu Gott komme, wo ich ihm begegnen und wie ich IHN finden kann. Sag es mir bitte schnell. Meine Sehnsucht ist so groß."

Die Gestalt am Boden bewegte sich nicht und sagte auch lange Zeit nichts. Dann, nach einer schier unendlich erscheinenden Zeit drehte sich der Mann um, stand dabei auf und kam auf ihn zu. Der junge Mann erschrak. Er hatte ein altes und runzeliges Gesicht erwartet. Doch dieser Mann war jung, sportlich und wunderschön. Nein, das konnte nicht der alte Weise sein, den er suchte. So bereute er schon seine Fragen, die so aus ihm herausgesprudelt waren.

Der junge Einsiedler gebot ihm mit einer einladenden Geste, am Boden Platz zu nehmen und setzte sich selbst zu seinem Besucher. Lange schaute er ihn an und fragte dann: "Ist Deine Sehnsucht wirklich so groß?" "Ja", sagte er, und wieder sprudelte es aus ihm heraus. Alles, was er schon unternommen hatte, seine Kasteiungen, seine Fastenzeiten, seine Gebete, seine Meditationen, seine Körperübungen, alles erzählte er. Und immer, so bedauerte er, habe es ihn nicht zu Gott geführt, sondern nur die Sehnsucht vergrößert.

Der junge Einsiedler hatte die Augen geschlossen und ihm aufmerksam zugehört. Als der junge Mann aufhörte zu sprechen, ließ der Einsiedler die Augen noch immer zu und schwieg.

Es verging eine lange Zeit. Der junge Mann befürchtete schon, der Einsiedler sei vielleicht eingeschlafen. Es verging eine noch längere Zeit, und dann dachte er sich, er müsse nun doch ausgeschlafen haben. Und wie er so seinen Gedanken nachhing, wie lang wohl ein Einsiedler zu schlafen habe, öffnete dieser die Augen und strahlte ihn an. "Gott ist Alles und Gott ist Nichts, wo willst du ihm begegnen?" Schnell antwortete der junge Mann: "Im Alles", denn im Nichts, das erschien ihm doch ein wenig langweilig. "Es ist ganz einfach!" sagte der Einsiedler. "Du mußt nur einen Becher voll aus dieser Quelle dort hinten trinken." Mit seinem Arm deutete er auf eine munter sprudelnde Quelle im Raum. "Dann wirst Du Gott begegnen!"

So einfach sollte das sein, Gott zu finden? Das glaube ich nicht! Dies waren seine ersten Gedanken. Und er bat: "Ja, wenn es so einfach ist, dann gib mir schnell einen Becher und laß mich hingehen und davon trinken, mich dürstet danach." Doch der junge Einsiedler wehrte mit der Hand ab und sagte: "So leicht geht es auch nicht, man kann nicht einen beliebigen Becher nehmen und damit trinken. Man muß sich selbst ein Gefäß schaffen, man muß dafür arbeiten! Und erst, wenn dieses Gefäß schön, edel und gut ist, kann man zur Quelle gehen und damit schöpfen." "So sag mir, Meister, wo kann ich so ein Gefäß kaufen? Ich gehe los und hole mir gleich eines, damit ich, sobald ich zurück bin, von dieser Quelle trinken kann." Der Einsiedler erzählte ihm, daß es hier, wo er nun sei, keine Möglichkeit gäbe, ein solches Gefäß zu erwerben. Er müsse dazu auf der Erde geboren werden; dann ginge alles wie von selbst. Er müsse aber darauf achten, daß seine Sehnsucht, Gott zu finden, immer groß genug ist.

Der Einsiedler, den er mittlerweile als Meister benannt hatte, versicherte ihm, daß er ihn unsichtbar bei der Wanderung auf der Erde immer begleiten und hilfreich zur Seite stehen werde. Der junge Mann willigte ein. Er legte sich nieder, schloß die Augen und begann, einen wunderbaren Traum zu träumen.

Er war auf der Erde; seine Kindheit verging schnell, und seine Jugend war immer wieder durchpulst von einer großen Sehnsucht nach etwas, das er nicht kannte, das er nicht wußte. Kaum, daß er ein junger Mann war, begab er sich auf die Wanderschaft, um zu suchen. Lange schon wanderte er, bis er in einem großen Wald zu einer Anhöhe kam, in der eine Höhle war. Darin saß ein alter Mann mit einem langen grauen Bart. Den fragte er: "Du, Alter, ich suche etwas und weiß nicht was, und ich weiß auch nicht wo. Kannst du mir helfen?" Der Alte schaute ihn an und erwiderte: "Ja, ich kann dir helfen, doch ich tu es erst, wenn du mir einen Becher geholt hast." Der Alte beschrieb ihm eine Hütte, die am Rande des Waldes stand. In ihr sei der Becher, den er holen sollte. Er sollte sich auch beeilen, weil er nicht Lust hätte, allzu lange zu warten. So machte sich der junge Mann noch am selben Tage auf den Weg, fand nach kurzer Zeit die Hütte und ging hinein. Doch die Hütte war leer bis auf einen Stuhl und einen Tisch. Auf dem Tisch lag ein Klumpen Ton, sonst nichts. Die Tür war hinter ihm ins Schloß gefallen, und als er versuchte, wieder hinauszugehen, stellte er fest, daß sie verschlossen war. Er versuchte es mit allen Möglichkeiten herauszukommen, aber es gelang ihm nicht. Also setzte er sich auf den Stuhl und dachte lange über das nach, was er nun erlebt hatte, und vermutete, daß er wohl in eine Falle geraten war.

Aber er verwarf den Gedanken wieder, er kam sich irgendwie nicht eingesperrt vor, auch nicht betrogen, nicht gefangen. Dabei schlief er ein.

Als er am nächsten Morgen erwachte, war er so guter Dinge, so voll Hoffnung, daß er sich vornahm, die Hütte bis ins Kleinste zu untersuchen, ob nicht doch irgendwo der Becher für den Alten verborgen sei. Und so begann er, jedes einzelne Brett abzuklopfen, um einen Hohlraum zu finden. Auch den Boden tastete er ab, aber er fand nichts, absolut nichts. Immer wieder versuchte er es; schließlich gab er auf und setzte sich hin. Vor Langeweile brach er sich ein Stückchen von dem Ton ab und spielte damit. Er drehte Kügelchen und fing auch bald an, Autos, Häuser oder was ihm gerade einfiel aus dem Ton zu formen. Er stellte all seine Werke auf die Balken, an die von außen die Bretter der Hütte festgenagelt waren. Viele, viele einzelne Teilchen hatte er schon gefertigt. Sie gefielen ihm, wenn er sie betrachtete.

Plötzlich kam ihm die Idee, daß er vielleicht ganz richtig war hier in der Hütte, daß er den Becher erst formen, erst modellieren sollte, um ihn dann dem Alten zu bringen. Wie ein Blitzstrahl hatte ihn dieser Gedanke durchbohrt, und sogleich fing er an, einen Becher mit seinen Händen zu modellieren. Und schon nach kurzem war er fertig. Er betrachtete ihn: Er war plump. Er stellte ihn auf die Seite und begann, einen neuen herzustellen. Er sollte schöner sein! Er wollte sich nicht schämen für die Plumpheit und die Ungeschicklichkeit, die da beim Modellieren ans Tageslicht kam. Der zweite Becher war tatsächlich ein bißchen schöner, aber es fiel ihm ein, daß er dieses und jenes noch machen könnte, den Ton ein bißchen dünner, den Becher ein bißchen höher, den Griff ein bißchen eleganter. So gestaltete er Becher für Becher, doch immer, wenn er mit einem fertig war, entdeckte er noch etwas, das er noch schöner machen konnte. Und so modellierte er eine lange, lange Zeit. Es standen bald alle Balken rundum in der Hütte voll mit den getrockneten Tonbechern. Alle waren ihm nicht schön genug, trotzdem aber hatte er Freude beim Modellieren gehabt.

Er brach sich gerade wieder ein Stück vom großen Tonklumpen ab und wollte zu modellieren beginnen, als sich eine unheimlich große Stille ausbreitete. Es wurde so still, daß nichts, was er je gehört hatte, was er kannte, an diese Stille heranreichte. Es wurde auch heller, aber nicht so, wie die Sonne bei Mittag scheint; es war eine andere Helligkeit. Es schien alles durchsichtig zu sein, trotzdem aber konnte man alles auch so erkennen, wie es normal war. Alles war hell, alles glänzte aus sich, leuchtete aus sich selbst. Er verstand das nicht. Als er sich umschaute, sah er an der Tür eine leuchtende Gestalt stehen. Ein junger Mann blickte ihn mit strahlenden Augen an. Er sagte nichts, er rührte sich auch nicht, er stand nur da. Er wußte, er hatte diesen Blick, er hatte diesen Mann schon einmal gesehen. Und nun fiel es ihm ein, wie aus einer weiten Vergangenheit: Das war sein Meister! Und es wurde ihm noch mehr bewußt. Der, der hier stand und ihm zuschaute, der ihn anschaute, das war er selbst, Jesus Christus. Und er war ganz erschüttert vor Freude und es lief ihm ein Schauder den Rücken hinunter.

Er wußte nicht, wie lange er so dagestanden hatte, erstarrt in dieser Freude. Doch nun setzte er sich nieder und begann zu modellieren. Es ging wie von selbst. Seine Hände glitten über den Ton, und sie formten, sie kneteten, sie walkten, sie ritzten. Es war herrlich, sich selbst beim Arbeiten zuzuschauen. Es war die wunderbare Nähe des Meisters, die ihm die Kraft gab, ihm die Freude gab, die ihn führte, alles so herrlich zu machen. Schon nach kurzer Zeit war ein Becher fertig. Dieser ließ sich mit den anderen nicht vergleichen. Er war so schlicht und einfach und trotzdem so schön und so vollkommen, daß er ihn ununterbrochen anschauen mußte. Den hatte er gemacht. Er konnte es fast nicht glauben, wenn er an seine früheren Versuche dachte, die auch schon gut waren. Aber das, was hier vor ihm stand, das übertraf alles bei weitem. Er wandte sich zur Tür, um zu schauen, ob sein Meister auch seinen Becher sehe. Doch in der Tür stand nicht mehr die leuchtende Gestalt, sondern der Alte von der Höhle im Walde. Der sagte zu ihm: "Na, bist Du endlich fertig? Ich habe schon gedacht, es wird gar nichts mehr. Jetzt muß ich einmal nach dir schauen." Der Alte wendete sich in der Hütte rundum und betrachtete all die Figuren, die der junge Mann geformt hatte. Auch die Gefäße, vom kleinsten bis zum größten und auch das auf dem Tisch stehende, das schönste von allen. Er sprach: "Gut, wir können gehen." Doch der Junge sagte: "Warte noch, ich will all diese mißlungenen, häßlichen Stücke wegwerfen." Aber der Alte hielt ihn zurück: "Bitte, schau Dir jedes Teil noch einmal genau an, aber zerstöre keines! Es ist so wichtig, daß du dich später erinnerst, an jedes einzelne." Und so nahm sich der junge Mann viel Zeit, um wirklich jedes Teil noch einmal zu betrachten und es sich einzuprägen.

Danach nahm er den letzten, den schönsten aller Becher und ging mit dem Alten in den Wald zur Höhle. In der Höhle nahm der Alte den Becher an sich und fing sofort an, den jungen Mann einzuweisen in Gesetze, in Geheimnisse, in alles, was diese Erde hier betraf, und in noch viel, viel mehr. Der junge Mann hörte zu. Es wurde ihm nie zuviel, und er wußte, daß alles, was er hörte, stimmte, obwohl es manchmal märchenhaft klang.

Sieben Jahre dauerte es, bis ihm der Alte alles erzählt hatte. Und nach den sieben Jahren erzählte er ihm die letzte Geschichte. Sie handelte von einem jungen Mann, der Gott erfahren wollte und nun auf der Erde sei, um einen Becher zu holen. Den Becher brauche er, um aus einer Quelle zu trinken, die ihn Gott erkennen läßt. Am Ende stand der Alte auf, ging in die Ecke, holte den Becher aus Ton und sprach: "Ja, dieser Becher ist schön, aber er ist noch nicht gediegen, du brauchst einen gediegenen Becher, um aus dieser Quelle zu schöpfen." Der junge Mann schaute ihn wieder an und fragte: "Ja, wie mache ich denn diesen tönernen Becher gediegen?" Der Alte erwiderte: "Das geht von ganz allein! Du mußt nur in die Welt hinaus zu den Menschen. Ich werde dir dabei helfen." Er klopfte ihm mit seinen Fingern auf die Stirn.

In diesem Augenblick, als die Finger des Alten seine Stirn berührten, wurde die Welt wieder so gläsern wie damals in der Hütte. Alles strahlte aus sich, die Welt war gläsern, und trotzdem war sie es auch wieder nicht. Nur langsam gewöhnte er sich an diesen Zustand. Nach einer Woche konnte er recht gut damit umgehen. Es war herrlich in einer solch leuchtenden Welt! Bald schon verließ er den Alten und ging durch den großen Wald hinaus in die Welt zu den Menschen, von denen er damals gekommen war.

Die erste Person, die ihm begegnete, war ein altes Mütterchen, das auf dem Weg zur Kirche war. Auch sie leuchtete, doch nicht so stark wie die Blumen und die Tiere, aber sie leuchtete. Und als er sie genau betrachtete, sah er in ihrem Inneren einen Becher, einen schönen Becher. Der war es! Der strahlte und leuchtete und machte alles durchsichtig. Er schaute sich den Becher an und war der Meinung, daß er nicht ganz so schön sei wie der seine, doch schon wunderbar.

Sie gingen ein Stück nebeneinander, sie sprachen nicht miteinander, doch er hatte den Eindruck, daß das alte Mütterchen plötzlich weniger gebeugt ging. Auch ihre Schritte waren nicht mehr so schlürfend, sie waren leichter, gerader, fröhlicher. Er hatte den Eindruck, sie würde am liebsten springen und hüpfen wie ein Kind. Als sie in das Dorf kamen, ging sie in die Kirche, und er wanderte weiter durch das Dorf. Sie hatten nichts gesprochen, doch irgendetwas schien sie innerlich verbunden zu haben. Und so winkte er ihr im Geiste nach und wünschte ihr alles Gute.

Auf den Straßen des Dorfes waren viele Menschen unterwegs, und er war erstaunt, wie dunkel die meisten waren, wie wenig sie leuchteten. Doch dann auch wieder solche, die einen so herrlichen Glanz verbreiteten wie das alte Mütterchen. Er schaute sich alle Menschen ganz genau an. In jedem sah er innen ein Gefäß, manchmal plump, so wie seine ersten Versuche, manchmal waren es nur Kügelchen, Autos oder sonst irgendein Spielzeug. Bei manchen, das waren auch die dunkelsten, war nichts außer dem großen Klumpen Ton, der schwer im Innersten hing.

Er ging weiter durch das Dorf, kam bald am Rand des Dorfes zu den ersten Feldern und wanderte über diese dahin. Er fühlte sich wohl und glücklich. Als es Abend wurde, spürte er einen großen Hunger. Da begegnete ihm ein alter Bauer, der ganz traurig ausschaute. Er schaute in sein Innerstes und sah, daß das Gefäß, der Becher, der in ihm war, schön war. Sie gingen nebeneinander, und der Bauer begann zu erzählen, daß seine Frau und sein Kind zuhause krank seien, daß ihn das betrübte und traurig machte.

Während des Weges, den sie gemeinsam gingen, erzählte der Bauer sein ganzes Leid, seine ganzen Sorgen, seine Ängste, und unser junger Freund hörte zu und stellte auch hier fest, daß die gebeugte, traurige Haltung schon nach kurzer Zeit weg war. Ein weit ausholender Schritt war es nun, der sie vorwärts trug.

An einer Wegkreuzung sagte der Bauer: "Ich lade dich ein zum Essen und zum Schlafen. Es wird zwar ein spärliches Mahl sein, doch wir werden satt werden." Er ging mit. Nach einer kurzen Wegstrecke erreichten sie ein schlichtes Haus. Der junge Mann begrüßte die Tochter von vielleicht fünf Jahren und die Frau des Bauern, die beide krank waren. Das Essen war mehr als spärlich. Es gab für jeden eine Kartoffel und ein Glas Milch. Mehr gab es nicht.

Nach dem Essen gingen sie ins Bett. Der junge Mann sollte bei der Tochter im Zimmer schlafen. Er betrachtete das kranke Mädchen und stellte viele dunkle Bereiche fest. Er sah aber auch im Innern ein wunderschönes Gefäß, das leuchtete, doch das Licht konnte nicht, wie bei anderen Kindern, ungehindert ausstrahlen, sondern war eingekerkert in diese dunklen Bereiche. Wie er so darüber nachdachte, warum dies wohl so sei, spürte er einen starken

Strom von sich selbst weggehen zu dem Mädchen hin. Dieser Strom bewirkte, daß das Licht beim Mädchen hell aufflackerte, kräftiger wurde und langsam alle dunklen Stellen aufzulösen begann. Er wunderte sich darüber und beobachtete weiter. Immer stärker spürte er den Strom von sich zu dem Mädchen. Wieso geschah dies? Als alles Dunkle um das Mädchen von dem Licht, das nun verstärkt aus ihr strahlte, aufgelöst war, graute auch schon der Morgen.

Der junge Mann fühlte sich nicht müde, sondern frisch und erholt. So stand er auf, ging mit dem Bauern aufs Feld und half ihm bei der Arbeit. Sie machte ihm Spaß, und sie hatten eine heitere Stimmung, obwohl sie nicht miteinander sprachen. Es schien ihm, daß sie so zusammen arbeiteten, wie Kinder sich gegenseitig einen Ball zuwerfen. Einer schob dem anderen die Arbeit zu und wieder zurück, und dabei kamen sie vorwärts über das ganze Feld. Gegen die Mittagszeit waren sie aufeinander schon so eingespielt, daß sie nun ihr Augenmerk darauf legten, dem anderen die Arbeit so geschickt zuzuspielen, daß dieser sie ohne Umstände ausführen konnte. Sie waren dabei so vertieft, daß ihnen gar nicht auffiel, wie schnell die Zeit vergangen war. Erst als die Sonne über den Hügeln unterging, hielten sie inne. Als sie auf ihr Tageswerk zurücksahen, meinte der Bauer, daß er alleine eine Woche gebraucht hätte, um das zu erledigen, was sie nun an einem Tag geschafft hatten.

Voll Freude über diese gewaltige Arbeitsleistung traten sie den Heimweg an.

Als sie nur noch ein Stück nach Hause hatten, lief ihnen das Mädchen entgegen. Der Bauer konnte es nicht glauben. Seit einem halben Jahr konnte es nicht mehr aus dem Bett! Es war für ihn ein Wunder.

Das Essen war genauso bescheiden wie am Vortag. Danach gingen sie wieder schlafen. Der junge Mann dachte jedoch an die kranke Frau und an das Bild, das er in ihr gesehen hatte. Es war kein Gefäß vorhanden, sondern nur sinnloses Spielzeug. Und wie er so über sie und das Bild, das er gesehen hatte, nachdachte, fühlte er sich plötzlich in die Hütte zurückversetzt, in der er damals modelliert hatte. Er war jetzt nicht allein, sondern die Frau saß bei ihm. Er sah ihr zu, wie sie aus dem Ton die unsinnigsten und scheußlichsten Sachen modellierte.

Darauf holte der junge Mann einen seiner einfachsten Becher von dem Balken und stellte ihn vor sie auf den Tisch. Sie betrachtete ihn, nahm sich ein Stück Lehm und fing an, ebenfalls ein Gefäß zu formen. Es war einfach und plump wie seine ersten Versuche. Er schaute ihr weiter schweigend zu. Er wußte nicht, wann das Ganze geendet hatte. Auf jeden Fall wurde er beim Morgengrauen wach.

Voll Freude und Heiterkeit ging er mit dem Bauern aufs

Feld. Heute hatten sie eine andere Arbeit auf einem anderen Feld zu verrichten. Es ging ihnen wie gestern. Bis Mittag lernten sie, sich aufeinander einzustellen, bis abends wurden sie dann immer perfekter im Umgang miteinander bei der Arbeit. Die Zeit verging ihnen schnell. Als sie schließlich wieder ihr Tageswerk betrachteten, hatten sie wieder so viel geleistet, wie der Bauer allein nur in einer ganzen Woche geschafft hätte.

Freudig gingen sie den Weg zurück. Heute kamen ihnen das Mädchen und die Bäuerin entgegen. Der Bauer wunderte sich sehr. Als sie abends beim Essen saßen, war das Essen reichlicher, denn das Mädchen war in den Wald gegangen und hatte Beeren gepflückt, und die Bäuerin hatte im Garten Gemüse geerntet. So konnten sie sich richtig satt essen. Wohlig schliefen sie ein.

Der junge Mann blieb noch ein paar Wochen bei ihnen. Die Tochter wurde völlig gesund, und der Frau ging es von Tag zu Tag besser. Auch machte ihnen die Arbeit, die sie verrichteten, so viel Spaß, daß die Zeit schnell verging; die Arbeit war keine Last mehr. Auf den Feldern wuchs alles wunderbar. Es schien, als würden die Kühe mehr Milch geben als vorher. Das alles konnte er verstehen. Am meisten wunderte ihn jedoch, daß er während der ganzen Zeit, die er bei ihnen war, kein einziges Wort zu sprechen brauchte, obwohl es oft Situationen gab, in denen sie ihn etwas fragten. Immer hörte er ihnen ganz aufmerksam zu.

Er merkte, wie sie sich im Laufe des Gespräches selbst die Antworten gaben. Gelegentlich kamen auch aus den umliegenden Bauernhöfen Nachbarn vorbei, die von dem sonderbaren jungen Mann gehört hatten.

Es hieß, in seiner Nähe geschähen so merkwürdige und erfreuliche Dinge. Alle, die zu ihm kamen, machten diese Erfahrung. Sie fühlten sich nach einer gewissen Zeit erleichtert und erhoben, fanden Rat in ihren Problemen, fühlten sich gesünder und hatten wieder mehr Kraft, ihre Arbeit anzugehen. Sie konnten plötzlich Leute verstehen, die sie vorher nicht verstanden hatten. Sie hatten den innigen Wunsch zu verzeihen, wo sie vorher Bitterkeit nachtrugen, oder sie wurden einfach frömmer.

Die Kunde von seinem Wirken, das so wortlos geschah, breitete sich schnell in diesem Landstrich aus. Es eilten immer mehr Menschen hin zu diesem einsamen Bauernhof, um den jungen Mann zu sehen, um in dessen Nähe zu weilen.

Nach einiger Zeit machte er sich auf den Weg und wanderte weiter. Er spürte beim Weggehen, daß ihn ein liebevolles Band mit all den Menschen verband, die er hier kennengelernt hatte.

Bei seiner Wanderung kam er an einer Kapelle vorbei. Er ging hinein, um zu beten. Während des Betens erschien ihm der Alte aus dem Walde und zeigte ihm seinen Becher, der am Anfang tönern war und nun einen leichten metallischen Glanz bekommen hatte. Ja, er funkelte schon etwas. Der Alte aus dem Wald erklärte ihm, daß nun der erste Teil erfüllt sei. Jetzt müßte er in die Stadt gehen, um die Menschen zu belehren. Er brauche sich um nichts zu kümmern, alles sei schon vorbereitet.

So plötzlich, wie der Alte erschienen war, verschwand er wieder. Der junge Mann setzte also seine Wanderschaft fort und kam bald zu einer großen Stadt. Auf dem Marktplatz traf er eine große Menschenmenge an. Es wurde eine politische Rede gehalten, und er hörte den Redner fordern, daß man die Leute zwingen sollte, lesen und schreiben zu lernen, daß man sie zwingen sollte, gescheit zu werden, klug zu werden, daß sie dann erst fähig seien, glücklich zu sein.

Er hörte all das Gerede und wunderte sich. Der Redner fragte ihn, der ganz vorne stand, was er denn davon halte, was er denn meine. So ging der junge Mann zum Rednerpult und legte den Leuten seine Meinung dar:

"Es ist gar nicht so wichtig, daß man lesen und schreiben kann; wichtig ist, daß man die Freiheit hat, zu spielen und dabei zu lernen, und daß bei diesem freien Spiel der Alten und Jungen die Freude und die Liebe untereinander gepflegt wird. Ja, die Liebe soll man die Leute lehren, nicht so sehr das Schreiben." Er erzählte ihnen weiter, daß nur auf diese Weise die Menschen die Liebe lernten und dann von selbst weise würden, und daß diese Weisheit etwas viel Besseres und Größeres sei, als die Klugheit eines Gelehrten. Viele der Zuhörer fingen an zu brüllen und wollten ihn schon schlagen. So ging er weiter. Es folgten ihm jedoch drei, auf die seine Worte einen ganz besonderen Eindruck gemacht hatten. Am Stadtrand, an einem großen Baum, setzten sie sich nieder. Die drei baten ihn, noch genauer zu erzählen, wie er alles meine. Der junge Mann begann mit schlichten Worten und einfachen Bildern zu lehren.

So erzählte er ihnen ganz am Anfang die Geschichte von der Biene, die laut summend um die Blüte kreist, aber ruhig und still wird, wenn sie sich niederläßt, um vom Nektar zu trinken. Die Menschen seien genauso: Solang sie vom göttlichen Nektar, vom göttlichen Wissen getrennt sind, sind sie unruhig und müssen Lärm machen. Erst wenn sie sich mit der Meditation auseinandersetzten, würden sie ruhig und still. Alles Diskutieren, alles Ablenken hätte ein Ende, und sie begännen aufzunehmen, zu trinken von den göttlichen Weisheiten, die ohne Wenn und Aber, ohne Gegensätzlichkeit sind.

Er sah immer noch in jedem Menschen das Gefäß oder auch die Spielzeuge im Innern. Er erkannte, daß jeder Mensch irgendwann einmal anfängt, sich selbst zu modellieren, und daß es immer den gleichen Weg nimmt. Der Mensch beginnt, Spielzeuge zu bauen, um später zu entdecken, daß man auch ein Gefäß formen kann. In dem Augenblick, wo sie ein Gefäß formten, wurden diese Menschen fähig, etwas zu empfangen. So bildete sich in ihnen ein Becher, langsam oder schnell, je nachdem, wie fleißig einer an sich arbeitete und wie groß der Glauben und das Vertrauen in die unendliche Schöpferkraft Gottes war. Der junge Mann beobachtete auch, daß alle Menschen in seiner Gegenwart eine innerliche Veränderung erlebten. Es spielte dabei keine Rolle, ob sie Gegner oder Freunde waren, immer war ein Fortschritt zu beobachten. Einen Rückschritt gab es nicht. Wenn ein Mensch gestern noch Kügelchen drehte, formte er am nächsten Tag schon Käferchen oder irgendwelche anderen Dinge. Auf jeden Fall war ein Fortschritt zu sehen.

Manche seiner erbittertsten Feinde wollten ihm mit geschickt eingefädelten Diskussionen beweisen, daß er falsch lag mit seiner Ansicht. Er hörte ihnen aufmerksam zu. Oft geschah es, daß gerade diese Leute mit ihren Erklärungen genau seine Ansichten unterstützten. Sie erkannten auf einmal, daß sie vorher vollkommen falsch gedacht hatten. Er war nie einem Menschen böse, sah er doch immer sein Innerstes. Er wußte um jedes Gefühl, um jeden Gedanken Bescheid. Er selbst hatte vor langer Zeit die gleichen Gedanken.

Er blieb lange in der Stadt. Er gehörte mittlerweilen so zu ihr wie eine Brücke oder eine Kirche. Die Zahl seiner Anhänger war groß. Es waren Hunderte. Auch die Zahl seiner Feinde, seiner erbittertsten Gegner war gewachsen. Sie waren es, die beschlossen, ihn zu vertreiben, aus der Stadt zu verbannen.

Eines Tages mußte er sich ihrem Gericht stellen. Er gab ihnen auf all ihre Anschuldigungen keine Antwort, sondern ging gehorsam aus der Stadt.

Auf dem Weg zum großen Wald kam er wieder an der Kapelle vorbei; er ging hinein, um zu beten. Auch dieses Mal erschien ihm der Alte aus dem Walde. Er sagte ihm, daß er nun nichts mehr den Leuten zu erzählen brauche. Er solle in den Wald gehen, in seine Höhle, die schon seit einiger Zeit leerstehe. Da solle er einzelnen Schülern, die zu ihm geführt würden, all das vermitteln, was er damals erfahren hatte. Dann zeigte er ihm sein inneres Gefäß. Es war leuchtend und glänzend und von einer Herrlichkeit, wie er es sich in den kühnsten Träumen nicht hätte ausmalen können.

Der Alte erklärte ihm, daß die kommende Zeit im Wald den letzten Schliff für sein Gefäß, für seinen inneren Kelch bringe. Dann würde er die Reife besitzen, um aus der ewigen Quelle, die Gott erkennen läßt, zu schöpfen und zu trinken. Es löste sich das Bild auf, er verließ die Kapelle und ging in den Wald.

Er fand die Höhle verlassen, er meditierte viel. Seine Gedanken schweiften oft zu seinen liebevollen Freunden in der Stadt. Immer wenn er an sie dachte, sah er sie vor seinem geistigen Auge. Er sah ihre inneren Gefäße, und er sah ihr Verlangen, ihre sich ständig steigernde Sehnsucht. Das Sehnen seiner drei Freunde, die ihm gleich am ersten Tag mit zu dem Baum gefolgt waren. Ihr Sehnen war inzwischen so stark und brannte so fürchterlich in ihnen, daß sie sehr litten. Sie hatten noch nicht das Sehen wie er; deshalb taten sie sich schwer, allen Leuten liebevolles Verständnis entgegenzubringen. Sie wurden aufgerieben von ihrem Sehnen nach Gott und dem Unverständnis für die augenblickliche Situation.

So erschien ihnen eines Nachts im Traum der junge Mann und bat sie, zu ihm in den Wald zu kommen. Am nächsten Morgen unterhielten sich die drei und stellten fest, daß sie alle den gleichen Traum gehabt hatten. So machten sie sich auf den Weg, ihren lieben Freund im Wald zu suchen. Sie fanden den Weg schnell, und groß war die Wiedersehensfreude. Er lehrte sie eine gute Meditation, führte sie in tiefer Versunkenheit zurück in all ihre Leben. Sie hatten jedoch den Eindruck, als würden sie sich in einer Hütte befinden, in der ein Klumpen Ton lag, aus dem sie verschiedene Gegenstände formten.

Irgendwann begannen sie ein Gefäß zu modellieren, und mit der Zeit gelang es immer besser. Auch sie erlebten eines Tages die Anwesenheit des Meisters Jesus Christus und begannen, das letzte, das vollendete Gefäß zu formen.

So saßen sie nun vor ihm, alle drei. In jedem sah er das tönerne Gefäß, wunderschön und schlicht. Er wußte, auch sie müssen hinausziehen, um es gediegen zu machen. So begann er, sie all das zu lehren, was er selbst von dem Alten empfangen hatte. Es vergingen sieben Jahre, dann schickte er sie hinaus in die Welt. Ihre Ausstrahlung war in dieser Zeit so gewaltig geworden wie seine. In ihrer Nähe wurden die Leute gesund, es lösten sich Probleme, das Arbeiten machte Spaß.

Noch zwei Jahre wohnte der junge Mann in der Höhle, dann ging er in den tiefen Wald, setzte sich unter einen Baum und meditierte. Da wurde es hell und still, es kam sein Meister von damals und er sagte zu ihm: "Komm zu mir! Dein Becher ist nun vollendet." Der junge Mann stand auf, ließ seinen alten Körper am Baume zurück und ging mit seinem Meister zu dessen wunderschönem Haus. Er bewunderte wieder die Harmonie und die Ordnung im Garten.

Beim Betreten des Raumes hatte er wieder den Eindruck, in einem Tempel zu sein, doch er vermißte wie damals wieder einen Altar oder Opferstein. Der Meister gebot ihm, Platz zu nehmen. Dann holte er einen wunderbaren Kelch, stellte ihn vor dem jungen Mann nieder und sagte: "Das sind deine Werke! Jeder Edelstein, jede Perle, jedes Ornament sind gute Taten, gute Werke, die sich hier eingegraben haben."

Nun ging der Meister, füllte den Kelch an der Quelle, brachte ihn zurück und reichte dem jungen Mann das Gefäß. Lange Zeit hielt der junge Mann inne, bis er das wunderbare Gefäß langsam an die Lippen setzte und trank. Er trank ihn aus bis zum Grunde und fühlte sich nun vollkommen eins. Er fühlte sich eins mit allem, was er wußte, was er sah.

Damals, als er die Menschen und ihre Gefäße sah, hatte er gewußt: Ja, ich war einmal an dieser gleichen Stelle. Jetzt war er ganz eins mit jedem einzelnen Menschen, fühlte dessen Regungen, Freuden und Ängste, Sorgen und Schmerzen. Er fühlte sich eins mit jedem Tier, mit jeder Pflanze, mit jedem Stein. Nichts, keine Regung war ihm unbekannt. Er war die ganze Erde, alles war er. So gewaltig, so umfassend war sein Einssein. Vom kleinsten Atom bis zum größten Gestirn.

Er fühlte den Weg der Planeten, er spürte das Leuchten und das Donnern der Sternenbewegungen. Jedes Stäubchen, das durchs All schwebte, alles war er. Nichts, absolut nichts war ihm verborgen. Es war in ihm, alles war hier. Er war überwältigt von dieser Schau, alles zu sein, alles zu erspüren, alles zu ergründen. Lange währte er im Sein. Er war sich bewußt, daß er nun mit Gott verbunden war. Er wußte alles, er war alles.

Doch es fiel ihm ein, daß der Meister am Anfang gesagt hat: "Gott ist Alles und Gott ist Nichts". Den ersten Teil, "Gott ist Alles", verstand er nun. Er selbst war nun alles. Aber "Gott ist Nichts"? Er konnte es nicht ergründen. Deshalb fragte er den Meister: "Wie kann ich Gott dort begegnen, wo er Nichts ist?" Der Meister sagte: "Du bist ihm schon einmal an der Stelle begegnet, wo er Nichts ist." Der junge Mann dachte lange nach, fand aber nicht die Lösung für diese Worte. So fragte er abermals: "Sag mir bitte: Wann bin ich Gott begegnet, wo er Nichts war?"

Der Meister zeigte ihm das Bild, als er mit dem Tonklumpen alleine in der Hütte war. Er sagte: "Dieser Tonklumpen ist Alles und doch Nichts". Alles, was du daraus machst, das sind die Gefäße, Vasen, Autos. Immer wenn du aus dem NICHTS (Ton) etwas formst, gibst du Gott die Möglichkeit ins SEIN, in die Form zu treten. Gleichzeitig verliert Gott an dieser Stelle die Eigenschaft des NICHTS. Versuche nun, ihm im NICHTS zu begegnen. Versuche, dich von jeder Form, von jeder Vorstellung zu lösen und lasse dich umfangen vom Ungeschaffenen, vom Formlosen." Dem jungen Mann erschien das einfach. Sogleich begann er, sich etwas auszudenken, das noch nicht existierte. In dem Augenblick, wo er es sich ausdachte, war es da. Er erfand immer neue Möglichkeiten, neue Formen, neue Gestalten, neue Welten, neue Systeme, neue Planeten. Aber immer in dem Augenblick, wo er es ersonnen hatte, wo er schöpferisch gewesen war, war es existent. Er merkte, je näher er Gott im Sinne des NICHTS kommen wollte, um so ferner rückte er von ihm fort. Immer mehr Schöpfungen, die er dadurch erschuf, standen zwischen ihm und dem NICHTS.

Er wurde traurig darüber. Lange sann er nach und kam zu dem Schluß, daß er nicht durch Ergründung des Ungeschaffenen das NICHTS erkenne, sondern durch das Vergessen von allem zum NICHTS kommen müßte. So setzte er sich nieder und versuchte zu vergessen. Es gelang ihm nicht.

Er fing an, sich dafür eine Technik auszudenken; und so gebrauchte er seine schöpferische Kraft, um den größten, stärksten aller Winde zu erschaffen. Diesem ungeheuren Wind setzte er sich aus. Jahrtausende stand er im Toben und Brausen dieses Windes, in der Hoffnung, daß der Sturm alles aus seinem Bewußtsein wehen würde, was ihm Erinnerung brachte. Aber es half nichts.

Er ging weiter und schuf ein ungeheuer großes Feuer und ließ sich sogar verbrennen. Doch es half nichts. Die Erinnerung war nicht auszulöschen. Er war, er war und er war. Er versuchte es mit tosenden und reißenden Wasserfällen und Meeren, die ihn umspülten und überspülten, aber die Erinnerung blieb.

Als letztes begab er sich in die Mitte eines ungewöhnlichen Berges. Nichts, aber auch gar nichts, konnte von außen hineindringen. Auch das half nichts.

Er ging zu seinem Meister und erzählte ihm von all seinen Versuchen, Gott im NICHTS zu begegnen. Er klagte ihm das Leid, daß alles, was er im NICHTS ergründet, sofort in das SEIN der Schöpfung rückt und damit außerhalb des NICHTS ist. Er erzählte von seinen Versuchen zu vergessen und von den ständigen Fehlschlägen. Der Meister lachte, strahlte ihn aus glücklichen und zufriedenen Augen an und sagte: "Ach, was bist du doch für ein Dummerchen! Alle Menschen sind Gottes Geschöpfe, und sie sind ewig. Nichts, was Gott geschaffen hat, kann vergehen. Du weißt es doch! Wie konntest du es nur vergessen!" Der junge Mann sagte zum Meister: "Hilf du mir bitte, daß ich Gott im NICHTS finde, sag mir, wie ich mich anstellen muß, um IHM da zu begegnen?" Der Meister erwiderte: "Es ist nichts einfacher als das, du mußt immer nur zwischen die Dinge schauen. Zwischen den Dingen erkennst du Gott im NICHTS."

Mit großen Augen und weit geöffneten Ohren lauschte er, doch der Meister legte eine kleine Schweigepause ein, dann fuhr er fort: "Denke mal nach! Was hat dich immer am stärksten berührt? Doch nicht der Tag und auch nicht die Nacht, sondern der Übergang von einem zum anderen. Die Dämmerung ist es, die dich berührt hat. Oder was berührt dich noch? Das Leben oder der Tod? Beides nicht so sehr! Aber die Übergänge, die Geburt und das Sterben, das sind die Augenblicke, die dich berühren. Denke mal nach: Alles in der Schöpfung hat immer zwei Zustände. Dazwischen ist Gott im NICHTS. Wenn du den ganzen Tag wach bist, so ist es dir nicht ständig bewußt; wenn du schläfst, weißt du es auch nicht. Doch wenn du wach wirst, oder wenn du einschläfst, dann berührt dich etwas besonders. Ob es das Krankwerden oder das Gesundwerden ist, das Rauchen-Anfangen oder Aufhören, das Sich-Verlieben oder Getrennt-Werden. Immer diese Augenblicke sind es, die uns berühren, die anhaften. Versuche, dich auf die Zeiten dazwischen zu konzentrieren, versuche immer, dazwischen zu sein!"

Er übte sich, nicht das eine und nicht das andere zu sehen, sondern immer dazwischen durchzuschauen, doch er merkte, es war sehr schwer. Es war unheimlich schwer! Manchmal gelang es ihm besser, und manchmal gelang es ihm gar nicht. Als er einmal nahe dem Verzweifeln war, weil es ihm einfach nicht gelang, sein Bewußtsein dazwischenzuhalten, da kam sein Meister, Jesus Christus, nahm ihn ganz einfach bei der Hand und führte ihn mit, mit hinein in diese Lücke, mit hinein in dieses

DAZWISCHEN.

Und er ging mit.

Der Schattenspringer

Ein junger Mann wollte gut sein. Er bemühte sich, jeden Tag daran zu arbeiten. Das gelang ihm auch sehr gut.
Nur manchmal, da spürte er den Impuls, etwas Gutes zu tun, führte aber den Impuls nicht aus.
Einmal war er zu müde oder zu bequem, ein andermal waren es auch die Leute, die ihm einfach nicht zur Nase standen und denen er deshalb einfach nicht helfen wollte.

Abends, wenn er ins Bett ging, sah er vor seinem geistigen Auge eine wunderschöne, sonnendurchflutete Landschaft. Mittendrin stand er, die Sonne hoch am Himmel. Er sah, wie er den kurzen, harten Schatten vor seinen Füßen betrachtete. Genau wußte er, daß dieser Schatten die "Neins" und die "Bequemlichkeiten" dieses Tages waren. Wie er über seine Schwächen nachdachte, sah er sich in dem geistigen Bild, wie er versuchte, über seinen Schatten, über seine Dunkelheit zu springen.

In der Mitte seines Lebens hatte er es gelernt, Gutes zu tun. Die harten "Neins" und die offene Ablehnung für manche Dinge, die er in seiner Jugend hatte, waren überwunden.
Was er beibehalten hatte, war, jeden Tag eine Rückschau zu halten. Immer wieder stellte sich das geistige Bild der sonnendurchstrahlten Landschaft ein.

Die Sonne stand nun nicht mehr so hoch am Firmament, sondern war schon deutlich ein Stück zum Horizont gewandert. Er betrachtete auch wieder seinen Schatten. Dieser war länger als in seiner Jugend, dafür aber nicht mehr so hart und schwarz. Er erkannte, daß sein "Nein" sich nun diplomatisch hinter Ausreden, Wenn und Aber, versteckte. Da, wo in seiner Jugend ein hartes "Nein" stand, da konnte er nun begründen und manchmal auch ablenken. Dadurch verlor das "Nein" seine Härte, gewann aber an Weite.

Indem er über seine Nachlässigkeiten und Fehler nachdachte, beobachtete er, daß er in seinem geistigen Bild über den Schatten springen wollte.

Er hatte ein erfülltes und gutes Leben gelebt. Seine Kinder bereiteten ihm Freude, und seine Freunde und Bekannten liebten ihn. Er war mild und voll Liebe. Immer noch hielt er jeden Abend Rückschau über den Tag.

Immer da, wo in seiner Jugend das harte "Nein", später die diplomatische Ausrede gestanden hatte, da handelte er heute richtig.
Trotzdem war in diesen Situationen ein inneres Aufbegehren, noch immer ein "Nein" da.

Auch sah er vor seinem geistigen Auge das Bild. Die Sonne berührte nun schon den Horizont. Er stand da und betrachtete seinen Schatten, der sich nur noch schwer ausmachen ließ, verschmolz er doch schon fast mit dem Grau der umgebenden Landschaft. Doch er konnte ihn immer noch

ausmachen, und er war schon so lang, daß er das Ende nur schwer abschätzen konnte.
An diesem Abend machte er sich tiefe Gedanken über seine Zukunft.
Waren doch alle Versuche, über den Schatten zu springen, ohne Erfolg gewesen, im Gegenteil, je länger er sich bemühte, um so größer wurde sein Schatten. Sollte es so sein, daß mit der untergehenden Sonne auch sein Schatten mit der Nacht verschmilzt? Daß nichts mehr bleibt, als das Grau, eintönig, ohne Leben, um bald von der Nacht verschlungen zu werden?

Mit diesem Gedanken schlief er ein.

Wieder wach wurde er in einem Traum. Mit vielen Schülern wanderte er mit dem Heiligen Franz. Einer der Schüler fragte den heiligen Franz: "Wie machst Du es nur, immer so ausgeglichen und fröhlich zu sein? Betrachte ich meine Fehler, dann drückt mich das zu Boden. Meine Fehler zu überwinden, das schaffe ich auch nicht. Immer wieder kommen sie zum Vorschein."

Der heilige Franz lachte und sagte: "Auch ich habe noch viele Fehler, auch wenn ihr sie nicht seht. Die einzige Lösung, die es gibt, lautet:

> Schau auf Gott,
> nicht auf Deine Fehler.
> Mit dem, womit Du Dich beschäftigst,
> zu dem wirst Du."

Nach diesem Satz dämmerte unser Schattenspringer und wurde wach: "Schau auf Gott und nicht auf Deine Fehler" wiederholte er nochmals im Geiste. So, wie er diese Worte wiederholte, so drehte er sich in seinem geistigen Bild um. Weg von seinem Schatten, hin zur untergehenden Sonne. Das milde Licht der tiefstehenden Sonne erfüllte nicht nur seine Augen, sondern auch seinen ganzen Körper. Er spürte die milde Wärme der Sonne und wußte, daß er es nun geschafft hatte, was er sein ganzes Leben versucht hatte.

Er hatte den Schatten übersprungen, dieser war nun hinter ihm, vor ihm nur noch ein schöner Weg, von der Sonne weich beleuchtet. Er hatte sich früher, so für sich, Schattenspringer genannt. Er wußte, daß er noch Schattenseiten hatte, aber er kümmerte sich nicht mehr darum.

Er hatte sich nun einen Zettel geschrieben, auf dem stand der Spruch:

"Meine Augen sind immer auf Dich gerichtet."

Mit dieser Einstellung wurde der Schattenspringer noch einmal jung. Er konnte lachen und helfen. Viele seiner Freunde sahen ein Licht von ihm ausgehen. Manche behaupteten, daß sie durch eine zufällige Berührung von ihm geheilt wurden. Ihm war dieses Gerede jedoch egal. Er liebte alle Menschen, und er erwärmte sie mit seiner Art.

Abends, wenn er nun seinen Tagesrückblick machte, sah er sich auf dem Lichtwege wandern. Schon lange warf er keinen Schatten mehr. Kurze Zeit nachdem er auf den Lichtweg gelangt war, hatten sich alle Dunkelheiten in ihm aufgelöst, und er war durchsichtig.

Wie ein Kristall funkelte er in der Sonne. Manchmal brach er das Licht der Sonne und tauchte die Landschaft in herrliche Farben.

Der liebe Gott liegt gerne auf dem Rücken und schaut sich die Decke an

So merkwürdig diese Überschrift der Geschichte auch klingt, so groß und so wahr ist doch ihr Inhalt und ihre Bedeutung.

Zugetragen hat sich das Ganze so, daß ich ein Zimmer ausmalen sollte; auch die Decke, die mit Kassetten abgehängt war, mußte mitgestrichen werden.

Die Ränder der einzelnen Kassettenplatten waren angeschrägt. Wenn man mit der Lammfellrolle darüber strich, so blieben die Rillen ohne Farbe und waren etwas dunkler, ebenso, wie die Decke vorher war.

Über Kopf arbeiten ist ziemlich anstrengend, vor allen Dingen habe ich nicht soviel Kraft. Auch die Farbspritzer im Gesicht und ab und zu in den Augen waren mehr als unangenehm. Nach ungefähr einer Stunde Arbeitszeit war ich an einem Punkt angelangt, wo ich einfach nicht mehr mochte. Die Decke war zwar fertig, aber die Rillen ... Schnell, schnell fuhr ich noch mit der Kante der Lammfellrolle die Fugen entlang. Doch blieben immer wieder Lükken und größere Stücke ohne Farbe. Gerade als ich aufhören wollte, kam mir meine Einstellung wieder ins Bewußtsein: „Führe jede Arbeit so aus, als wäre es für den lieben Gott persönlich."

Natürlich formte sich sofort eine Geschichte um meine Arbeit, die in Verbindung steht mit meinem Wahlspruch.

In diesem Fall war es so, daß der liebe Gott als Besucher kommt und in diesem Zimmer wohnen wird. Natürlich ist er verkleidet, zwar nicht als Bettler, aber vielleicht als ganz normaler Besuch. Er liegt dann, weil er ja eine weite Reise hinter sich hat, rücklings auf dem Bett und schaut sich die Decke an, weil man sich da am besten entspannt. Natürlich wandert der Blick dann gerade auf die dunklen Stellen in den Rillen, die ich jetzt mit meiner Rolle nicht erwischt habe. Oh, wie peinlich! Ist doch die Botschaft einer solchen unvollständigen, schlampigen Arbeit ganz eindeutig!

Vielleicht überlegt er: "Wer hat denn hier ausgemalt? Hatte er keine Zeit oder keine Liebe zur Arbeit? Wußte denn dieses Kind nicht, daß Arbeit mit Freude ausgeführt, Kraft gibt und nicht Kraft nimmt? Wie unzufrieden muß doch dieses Kind sein!"

So wie ich mir diese Gedanken durch den Kopf gehen ließ, so kam auch die Erinnerung an frühere Arbeiten wieder in mein Bewußtsein. Es war wirklich so, daß Arbeit mit Freude getan, Kraft schenkte. Ich holte mir den kleinen Pinsel, nahm die restliche Farbe und fing an, die Rillen auszumalen, fein säuberlich, eine nach der anderen, und als ich halbfertig war, kam mir direkt der Gedanke: "Wie schade, daß die Decke nicht größer ist. Ab diesem Zeitpunkt hatte ich so viel Freude, daß ich am liebsten gejubelt hätte! Das Gefühl nützlich zu sein, seine Arbeit ganz sauber zu machen, alles ganz ordentlich zu hinterlassen, ist einfach herrlich!"

Unter ständigem Energiegewinn wurde ich mit meiner Arbeit sehr schnell fertig. Bemerkenswert war auch, daß die Farbe genau bis auf den letzten Tropfen gereicht hat, und daß ich wirklich jede Stelle an der Decke erwischt habe.

Was ich noch als sehr bemerkenswert erwähnen will, ist, daß jetzt einige Wochen nachdem die Arbeit abgeschlossen ist, dieses Zimmer immer noch von dieser Kraft und dieser Freude erfüllt ist, die ich bei der Arbeit verspüren konnte. Wenn ich jetzt in das Zimmer gehe und die Decke sehe, quillt es freudig in mir auf! Daß ich die Arbeit so gut und so sauber gemacht habe, wird nun damit belohnt, daß diese Decke für mich ein Ort der Kraft geworden ist.

Solche Orte habe ich in meinem Wohnbereich viele. Wenn es mir einmal schlecht geht, weil ich erschöpft vom Einkaufen nach Hause komme, so genügt es, einmal durch die Wohnung zu gehen und die Stellen zu suchen, die ich mit dieser Einstellung und mit viel Freude gemacht habe. Innerhalb kürzester Zeit werde ich mit soviel Kraft und Freude erfüllt, daß es schier unglaublich ist.

Ich glaube auch, daß die Orte der Kraft nichts Besonderes oder Außergewöhnliches sind, sondern nur Orte, die mit einer besonderen Hingabe und Einstellung erstellt oder ausgeschmückt worden sind.

Mein Ziel ist es, so viele meiner alltäglichen Handlungen wie möglich in einem Bewußtsein zu machen, daß sie ja für den lieben Gott sind.
Daß ich überall Orte und Zeichen der Kraft für mich und für meine Lieben setze. Gerade einfache oder besonders ungeliebte Arbeiten erweisen sich als besonders gute Übungsobjekte.
Mittlerweile weiß ich auch, daß der liebe Gott gerne auf dem Bauch liegt und den Boden anschaut, oder auf der Seite liegt und betrachtet, ob eine Steckdose gerade eingebaut ist oder die Bilder richtig hängen. Manchmal macht er auch einen Kopfstand, da sieht die Welt dann wieder ganz anders aus. Doch oft sitzt er auch nur da und freut sich an meiner Arbeit.

Himmel und Hölle

nach einem Märchen

Es war einmal ein frommer Bruder, der sich mit asketischen Übungen beschäftigte. Seine Absicht war es, eines Tages in den Himmel zu kommen. Diese Absicht war aber auch gleichzeitig ein Motiv für seine Handlungen. Das Ziel erschien ihm jedoch manchmal sehr abstrakt. Dann war er mit Zweifel erfüllt. „Ist es wirklich im Himmel so schön, daß sich auch all die frommen und selbstlosen Taten lohnen?" – "Oder leb' ich am Leben vorbei?" Die Zweifel kamen immer öfter, und in seiner seelischen Not wandte er sich im Gebet an den lieben Gott und sprach: „Zeig mir doch bitte einmal den Himmel, und laß mich auch mal einen Blick in die Hölle werfen, damit sie mir als abschrekkendes Beispiel dient!"

Der liebe Gott, der diesen Bruder, wie auch alle anderen Menschen, sehr gern mochte, erfüllte ihm diesen Wunsch sofort und fragte ihn: „Was willst Du erst sehen, den Himmel oder die Hölle?" Der Bruder überlegte kurz und sagte: „Zeig mir erst die Hölle, damit der Himmel-Nachgeschmack länger bei mir anhält!" So geschah es, daß er sofort entrückt wurde an einen anderen Ort.

Es war aber nicht dunkel. Nach Schwefel und Rauch roch es auch nicht. Es war anders, als er sich die Hölle vorgestellt hatte. Er sah einen wunderschönen großen Speisesaal mit vielen Bänken und Tischen. Auf den Tischen standen wohlduftende, leckere Speisen, und auf den Bänken saßen Menschen. Als er diese genauer betrachtete, erschrak er. Alle waren bis auf die Knochen abgemagert, bleich und ausgemergelt. Es war ein Bild des Jammers.

Er überlegte, warum die Leute nicht von den leckeren Speisen aßen. Da sah er gerade einen, der es probierte. Neben dem Teller hatte jeder einen sehr langen Löffel liegen. Diesen Löffel lud sich die Person nun auf und wollte damit in den Mund. Der Löffel war aber viel länger als sein Arm, so daß er bestenfalls am Ohr vorbei, aber nie in den Mund traf. Eine Stimme sagte ihm: "In der Mitte sind die Löffel glühend heiß, so daß man sie nur ganz hinten anfassen kann."

Nun wurde ihm auch klar, welch fürchterlicher Ort die Hölle ist: Vor gefüllten Tellern nicht essen können! Ihm genügte das, was er gesehen hatte, und er sagte: „Jetzt würde ich gerne den Himmel sehen!" Augenblicklich erfolgte ein kurzer Szenenwechsel. Zu seinem Erstaunen sah er wieder denselben Saal vor sich, dieselben Bänke, dieselben gut duftenden Speisen, nur in diesem Saal saßen an den Tischen glückliche, wohlgenährte, freudig lachende Menschen. Aha, dachte er sich, hier werden die Löffel wahrscheinlich in der Mitte nicht glühend sein. Die Stimme des unsichtbaren Erklärers sagte sofort: „Auch hier sind dieselben Löffel mit den glühenden Mittelteilen." Dann, dachte er bei sich, müssen die Löffel kürzer sein. Er beobachtete die Leute ganz genau. Er sah, wie einer den Löffel in die Hand nahm und etwas von den köstlichen Speisen auflud und gar nicht versuchte, es sich selbst in den Mund zu stecken, sondern seinen Nachbarn fragte: „Darf ich Dir ein Stückchen geben?" Dieser nickte, und dann fütterte er ihn. Auch an den anderen Tischen konnte er dieselbe Praxis beobachten. Einer fütterte den anderen mit dem Löffel, und der Gefütterte bedankte sich und fütterte nun seinen Wohltäter. Alle waren glücklich, lachten und waren zufrieden.

Als er das so erkannt hatte, blendete sich das Bild wieder aus, und er saß ganz gerührt da. Wurde ihm doch nun bewußt, daß Himmel und Hölle gleichzeitig schon hier auf der Erde sind: Daß mit egoistischen Motiven eine Hölle geschaffen wird, oder mit freudig gebendem Herzen ein Himmel bereitet wird.

Aber noch eines war ihm bewußt geworden: Hatte er doch in der Vergangenheit seine guten Taten unter dem Motiv gemacht, irgendwann in den Himmel zu kommen. Jetzt, so nahm er sich vor, wollte er das Gute tun, in dem Bewußtsein, daß die Seele des Nächsten Hunger hat, und daß er ihm ein Stück geistiges Brot reicht, aber nicht, um in den Himmel zu kommen, sondern um hier, jetzt ein Stückchen Himmel zu schaffen.

Weitere neue Kurzgeschichten von Lena Lieblich
gibt es für Interessierte von Zeit zu Zeit
kostenlos mit den Verlagsneuigkeiten.

Verlagsinfos anfordern:

Satori-Verlag GmbH
Postfach 20 04 54

93063 Regensburg

Tel. 09 41 / 799 45 70

Fax. 09 41 / 799 45 72

eMail Info@SATORI-Verlag.de

Internet: Http://www.Satori-Verlag.de

Weitere Bücher von Lena Lieblich:

Schlank und Vital durch die Kraft der Vision
Licht-Quell-Verlag Regensburg - 110 Seiten
ISBN 3-926563-19-2 DM 39,80

Die Einsatzmöglichkeiten und der richtige Umgang mit dem Orgon-Strahler
Licht-Quell-Verlag Regensburg - 120 Seiten
ISBN 3-926563-08-7 DM 24,80

Duft-Therapie mit dynamisierten Duftstoffen
Licht-Quell-Verlag Regensburg - 120 Seiten
ISBN 3-926563-35-4 DM 9,80

Die kleine Pendelschule
(mit kleinen Messigmendel)
Licht-Quell-Verlag Regensburg
ISBN 3-926563-07-9 DM 19,80

Null-Zonen-Energie - Null-Zonen-Konverter
SATORI-Verlag GmbH 40 Seiten
ISBN 3-89758-000-4 DM 9,90